8. Dulsberger MaiRauschen 2014

8. Dulsberger MaiRauschen 2014

Der 8. Sinn
& andere Kuriositäten

Herausgegeben von Tanja Fürstenberg
und Christoph Hachmann

Bibliografische Information der Deutschen Nationalbibliothek:
Die Deutsche Nationalbibliothek verzeichnet diese
Publikation in der Deutschen Nationalbibliografie;
detaillierte bibliografische Daten sind im Internet über http://dnb.dnb.de abrufbar.

Umschlaggestaltung und Buchsatz: Tanja Fürstenberg www.textniveau.de

Herstellung und Verlag: BoD – Books on Demand, Norderstedt

ISBN: 978-3-7357-2269-0

Inhalt

Vorwort

2006 haben Rüdiger N. Aboreas und ich aus einer Kaffeelaune heraus das MaiRauschen ins Leben gerufen. Eine Lesung, die sowohl unerfahrenen als auch gestandenen Autoren eine Plattform bietet.

Bisher wurde das MaiRauschen von Rüdiger und mir sowie der WortFlugZone veranstaltet. Eine temporäre Galerie, Livemusik, Pantomime standen oft als weiterer Punkt auf dem Programm.

Dieses Mal nehmen mein langjähriger Weggefährte Christoph Hachmann und ich diese Mammutaufgabe wahr. Es gibt im Vorfeld viel zu tun: Autoren anschreiben, Ideen sammeln, Plakate gestalten, den Veranstaltungsabend organisieren und dieses Buch herausgeben, das traditionell am Abend erworben werden kann. Hinzugekommen ist eine Website, die gepflegt werden will – www.mairauschen.de.

Die Resonanz der Autoren ist heute noch – beim achten Mal – riesengroß! Womit wir beim diesjährigen Motto wären

Der 8. Sinn & andere Kuriositäten

Lassen Sie sich überraschen, wie das Thema umgesetzt wurde.

Ich will mich an dieser Stelle auch herzlich bedanken bei den vielen Helfern, beim Stadtteilbüro Dulsberg, beim Bezirksamt Hamburg-Nord und ganz besonders bei Rüdiger N. Aboreas, ohne den es das MaiRauschen nicht gäbe.

Viel Vergnügen beim Lesen
Tanja Fürstenberg

Rüdiger N. Aboreas

Der schwarze Duft

Auf der Hamburger Führungsebene der SE-Pal OHG herrschte heute dicke Luft. Kaum einer mochte noch frohen Herzens die Flure der oberen Etage betreten. Denn die Furcht war groß, einem streitlustigen Widersacher zu begegnen. Sogar Clarissa Stettenberg hielt sich in diesen Tagen zurück. Das hatte übrigens vor wenigen Jahren noch ganz anders ausgesehen. Seinerzeit, sie war noch gar nicht richtig eingearbeitet in ihre neue Tätigkeit als Chefsekretärin, war sie mit ihrem Geschäftsführer Ludewig Brauns eine heftige Liaison eingegangen. Noch heute, das heißt genauer: bis vor wenigen Tagen, pflegten beide ein geheimnisvolles Lächeln, wenn er leicht schnuppernd den vertrauten Duft ihres Parfums aufnahm.

Umso unverständlicher mutete die Fraktionierung in der Geschäftsführung an. Wollte Ludewig Brauns seine ehemalige Geliebte abstrafen dafür, dass sie der Konzernleitung in München ganz andere Zahlen hatte zukommen lassen als er? Doch was hätte sie anders machen können? Schließlich war die gelernte Immobilienkauffrau keine Sekretärin mehr, sondern inzwischen zur Chefin der Immobilienverwaltung aufgestiegen. Und bei den widersprüchlichen Berichten ging es um Investitionen, die der forsche Ludewig unbedingt vorantreiben wollte. Leider, und dies wusste nicht nur Clarissa, sprach so manche Kennziffer gegen die kostspieligen, risikoreichen Pläne.

Inzwischen fürchtete Clarissa um den Zusammenhalt der hiesigen Führungsmannschaft, die ja in den letzten Jahren durchaus erfolgreich war. Die Umsätze wuchsen, wenn auch konjunkturbedingt weniger dynamisch. In ihrer bildhaften Sprache bildeten gerade diese Gewinne den Proviant für die Querung des Konjunkturtals. Eine Marschverpflegung, die sie keinesfalls aufs Spiel setzen wollte. Darum bezog sie eine strikte Position gegen jede Form von Investition, die nicht binnen kürzester Zeit hundertzwanzigprozentig zurückfließen würde in die flaue Unternehmenskasse.

Clarissa Stettenberg wollte gewinnen, so wie sie immer gewinnen wollte, da war sie übrigens mit Ludewig Brauns eines Sinnes. Doch fühlte sie eben wie eine Frau: voller Verantwortung für die ihr anvertrauten Menschen in der ihr unterstehenden Abteilung. Die Konkurrenz sollte von ihr aus doch ruhig verrecken in der Krise. Die SE-Pal OHG würde am Ende allerdings in die Höhe schießen zwischen den Ruinen der Märkte.

Die schlanke, blondierte 40-jährige Clarissa mit der pflegeleichten Business-Frisur zupfte ihr indigofarbiges Kleid zurecht, schlüpfte ins passende Jackett, um das Gebäude zu verlassen. Es war Mittagszeit. Da ging sie am liebsten spazieren im nahen Park, ihre Gedanken vom Wind durchwehen zu lassen, durchlässig zu machen für Neues und Nützliches. Außerdem: die Düfte des heranziehenden Sommers ... Gab es eine wohltuendere und effektivere Auffrischung der Kräfte? Sie wusste: Ludewig saß über Mittag beim Italiener vor seiner geliebten Pasta. Und er würde seine Getreuen um sich versammelt haben. Also konnte sie das Gebäude stressfrei verlassen. Unwillkürlich schwenkte ihr Blick in Richtung von Ludewigs Büro. Oh, die Pflanzen vor dem Flurfenster müssten auch mal wieder gewässert werden.

Nicht weit von hier erstreckte sich entlang des Wandse-Ufers der Eichtal-Park. Die Sonne schien warm vom Himmel und so drängten sich Spaziergänger, Jogger und Hundehalter auf den Wegen. Wie seit Jahren bevorzugte Clarissa eine abseits gelegene Bank nahe eines ehrfürchtig anmutenden Baums, unter dessen nahezu kreisrund zur Erde herabreichenden Zweigen das Licht zu verlöschen schien. Wenn auch bei feuchter Witterung dieser Düsternis ein leicht modriger Geruch entströmte, so spendete er dem Verweilenden immerhin eine angenehme Kühle. Vor allem aber: zu dieser Jahreszeit einen nur hier anzutreffenden Duft von herbsüßer Betörung. Kaum berührten seine Moleküle die Rezeptoren in ihrer Nase, verspürte Clarissa eine wohltuende Aufhellung der Befindlichkeit. Oh, wie gut das tat, gerade in diesen von Zwist und Misstrauen vergifteten Tagen.

Nicht lange und ihre Nerven verloren ihre Spannung wie eine Wasseroberfläche nach einem Spritzer Spülmittel. Wohlbehagliche, glücksgefühlige Empfindungen dominierten jeden ihrer Gedanken und Eindrücke. Bald war sie bis in jede Verästelung von Leib und Seele erfüllt von Heiterkeit, Selbstbejahung, Optimismus.

Auf einmal, grußlos und ohne zu fragen, wuchtete ein dickleibiger, schweißig riechender Mann sein Gewicht zu ihrer Linken auf die Bank. Das Holz-Eisen-Gestell ächzte und wackelte. Der Mann atmete schwer, hustete und rülpste abwechselnd. Clarissa schätzte ihn auf nicht älter als fünfzig Jahre. Für einen Moment fühlte sie sich von seiner Anwesenheit gestört. Doch unerklärlicherweise begann sie zwischen allen ablehnenden Empfindungen nach ausgleichenden Eigenschaften zu forschen. Unaufdringlich nahm sie den dicken Kerl in Augenschein und stellte fest, dass er ein ebenes Gesicht besaß. Und wie lustig seine kräftigen Schenkel die Hosenbeine geradezu zum Bersten brachten und wie seine Schenkel die Sitzfläche der Parkbank überrollten. Hi, hi! Da, schon wieder, ohne eine Hand vor dem Mund rülpste und hustete er heftig. Doch störte es Clarissa dieses Mal nicht. Stattdessen fragte sie höflich: »Darf ich Ihnen ein Pfefferminz anbieten?« Der Mann ließ sich nicht zweimal bitten und griff zu. Plötzlich glättete er seine Gesichtszüge und sprach mit einer feinen, gut akzentuierten Stimme, die irgendwie gar nicht zu seinem Äußeren passen wollte: »Sie sind ein so guter Mensch, darum würde ich Ihnen für mein Leben gern einen Euro schenken.« Während Clarissa nachdenklich aufhorchte, fügte er trocken hinzu: »Aber leider besitze ich kein Geld, nicht mal einen einzigen Euro.« Daraufhin griff Clarissa ohne Zögern in ihre Handtasche, wobei sie mit sanfter Stimme sagte: »Das macht doch gar nichts, ich habe sogar mehrere davon. Wie wäre es denn, wenn ich Ihnen einige Euros abgäbe?« Schon fuhren ihre Finger in die Geldbörse und zählten dem Banknachbarn acht einzelne Geldstücke in die Hand. Der Beschenkte zeigte freilich keine Rührung. Emotionslos folgte er ihrem Wunsch nach einem kurzen Austausch von Nettigkeiten, um sich alsbald zu verabschieden. Bevor er jedoch davonging, umquerte er die Parkbank, pflückte schwerfällig eine kurzstielige Blume, deren Blüte gut getarnt auf einer trockenen gräulichbraunen Laubschicht zu ruhen schien wie der Kopf eines Schwimmenden auf dem Wasser.»Bitte schön!«, sagte er und reichte die Blume seiner Euro-Spenderin. Dann verschwand er zwischen den Menschen auf den Wegen.

Ungläubig starrte Clarissa auf die kleine zarte Blume. Die war schwarz, durch und durch: Stiel, Blätter, Blüte. Wirklich ungewöhnlich, aber keinesfalls abstoßend. Mit ihrem dünnen, kerzengeraden Stiel war sie durchaus schön anzusehen. Eine Rarität, dachte Clarissa, fuhr sachte mit den Fingern über Verdickungen, die sich als seitwärts austretende Triebe entpuppten, und flüsterte ehrfürchtig: »Was für eine sonderbare Laune der Natur.«

Obwohl Clarissas Pausenzeit längst überschritten war, spazierte sie nur gemächlich zurück zur SE-Pal OHG. Im Büro steckte sie die schwarze Blume in eine schmucklose weiße Vase, die nach einigem Ausprobieren ihren Platz auf der Fensterbank fand. Aus der Tiefe des Raums betrachtet, glich der Schwarz-weiß-Kontrast eher einer Skulptur denn einer Blume. Schön anzusehen, aber im Hinterschein des Fensters kalt und leblos. Was Clarissa bei Wiederaufnahme ihrer Arbeit wunderte, war die anhaltende Beschwingtheit, die sie auf ihrem Bürostuhl schweben ließ gleich einem Vogel im Aufwind.

Nicht lange und sie suchte in der oberen Schreibtischschublade nach einem Kalender. Dabei erregte der Zipfel einer Fotografie ihre Aufmerksamkeit. Sie zog das kleine farbige Rechteck hervor und schaute geradewegs in das Gesicht Ludewig Brauns. Ach, hauchte sie gefühlig, wie schade, dass man sich nach all den guten Jahren wegen einer Nichtigkeit aus dem Weg geht. Wie zur Bestätigung ihrer Gedanken nickte sie kräftig mit dem Kopf und öffnete ihr Mailprogramm. Dann verfasste sie eine Korrektur des umstrittenen Papiers mit den kritischen Kennziffern hinsichtlich der Investitionspläne des Geschäftsführers, ihres ehemaligen Geliebten. Einmal noch auf Enter gedrückt und schon befand sich das Schreiben auf dem Weg durch das Netz zum Zentralvorstand in München.

Eine Kopie, versehen mit einem lieben Gruß, schickte Clarissa hinüber auf Ludewigs Rechner. Dessen Reaktion ließ nicht lange auf sich warten. Wütend kam er hereingestürmt zu ihr ins Büro. Ob sie denn von allen guten Geistern verlassen sei? Erst hü, dann hott, so gehe es ja wohl überhaupt nicht. Die Konzernspitze in München müsse ja denken, die Hamburger wüssten nicht, was sie tun. Und auf wen würde das zurückfallen? Auf keinen andern als ihn: Ludewig Brauns. Er schnappte nach Luft. »Oh Gott, oh Gott«, jammerte er, »wohin soll das Ganze nur führen ...?« Dann, mit einem Ruck, drohte er: »Sollte es hart auf hart kommen, Clarissa, dann wirst du die Erste sein, die ihren Schreibtisch räumt.«

Da fiel sein Blick auf die schwarze Blume in der weißen Vase. Ludewigs Atem verlangsamte sich, seine Gesichtszüge verloren ihre Unruhe. »Oh, wie schön«, murmelte er, »und dieser Duft ...« Clarissa kicherte. Da schob er seine ehemalige Geliebte beiseite, setzte sich an ihren Computer und begann nun seinerseits eine Mail an den Zentralvorstand zu schreiben. Darin entschuldigte er sich für seine unangemessenen Investitionspläne und lobte Clarissa in den höchsten Tönen. Erstmals seit vielen Tagen gingen sie streitlos auseinander. Vorher freilich bat er noch um einen der Blumentriebe.

Keine vierundzwanzig Stunden später waren sämtliche Meinungsverschiedenheiten auf der Vorstandsetage beigelegt. Man herzte und gratulierte einander zu jedem nur erdenklichen Anlass und galt er auch nur dem Wetter. Und in nahezu jedem Büro stand eine stolze kleine schwarze Blume, die mit unerklärlicher Geschwindigkeit immer neue Ableger hervorbrachte.

Alles schien zum Guten gewendet. Auf den Konferenzen des Wandsbeker Standorts der SE-Pal OHG übertrafen sich die Abteilungen mit Positivmeldungen. Alles wuchs, die Geschäfte blühten, allein die Gewinne schmolzen dahin wie Schnee in der Aprilsonne. Doch das war hier an der Wandse ohne Belang. Nicht jedoch in München. Gleichwohl sollte es sechs Wochen dauern, bis zwei Münchner Vorstandsmitglieder eingeflogen kamen, um in Hamburg nach dem Rechten zu schauen. Weil sowohl telefonisch als auch auf den sonst üblichen Kommunikationswegen jeder sinnfällige, die Geschäfte befördernde Austausch zum Erliegen gekommen war. Hinzu kam eine enorme Häufung von Beschwerden und Regress-Androhungen von Geschäftspartnern, die vor allem eine mangelnde Vertragserfüllung anmahnten.

Trotz dieser alarmierenden Fakten sollte es keinen ganzen Nachmittag dauern, bis die Kontrolleure nach München meldeten: »Alles Misstrauen gegenstandslos. Hier in Hamburg ist alles zum Besten bestellt. Die örtliche Leitung überrascht mit brillanten Geschäftsideen.« Ihren Vorbericht unterzeichneten die Kontrolleure mit ihrem Namen und einem dreifachen Ahoi. Nach einem gemeinsamen Essen an der Elbchaussee bestiegen die Münchner noch am selben Abend den letzten Jet nach München. Vorher allerdings sagten sie Dank für die angenehmen Stunden, die sie an der Elbe hatten verleben dürfen. Und ganz besonders äußerten sie ihre Freude über die kleinen schwarzen Blumen, die sie in Bayern zu hegen und zu pflegen versprachen.

So hielt der Sommer endgültig Einzug im Land. Und die Stimmung in der SE-Pal OHG hob sich von Monat zu Monat. Auch die Analysten wussten nur Gutes zu berichten, jedenfalls war von keinem Makel die Rede. Eigentlich war von Nichts die Rede. Aber das wollte niemandem wirklich auffallen. Wie groß war da die Überraschung, als die Deutschen Wirtschaftsnachrichten noch vor Beginn des Weihnachtsgeschäfts den unerklärlichen Konkurs der noch vor einem halben Jahr wirtschaftlich kerngesunden SE-Pal OHG bekannt gaben.

Tanja Fürstenberg

Acht Uhr

Morgens um acht wird Herr M. wach. Ein Blick auf den Radio-wecker signalisiert ihm die Uhrzeit. Den Kopf nach links ge-dreht, gestützt auf die Armbeuge, überlegt er, was ihm schwerfällt – so kurz nach dem Aufwachen. Acht Uhr. Für verbindliche Tätigkeiten längst zu spät. Er hatte verschlafen, käme nicht rechtzeitig zur Arbeits-stelle.

Herr M. ist angestellt bei einer renommierten Versicherung mitten in Frankfurt. In der Mainmetropole ist er zur Welt gekommen, hier ist er zur Schule gegangen und hat seine Ausbildung gemacht. Weg wollte er nie aus diesem Sumpf, warum denn auch? Die weitläufige Stadt machte ihm keine Angst, im Gegenteil – aufgrund ihrer Anonymität schützte sie ihn bereits siebenundfünfzig Jahre vor aufdringlichen Mitmenschen.

Herr M. heißt mit Vornamen Willi. »Das ist ein ganz armer Willi!«, hatte er kürzlich während der Mittagspause in der Kantine vernommen und sich gefragt, woher die anderen seinen Rufnamen wussten, und ob er überhaupt gemeint sei. Schließlich arbeitet Herr M. in einem großen Unternehmen, in dem keiner den anderen kennt, was er als zutiefst angenehm empfindet. Unvermittelt schnellt ihm an diesem Morgen noch ein weiterer Gedanke durch den Kopf. *Armer Willi,* überlegt er, *das heißt doch, ich bin ein armes Schwein.* Herr M. ist empört! Woher nehmen sich Mitarbeiter, Kollegen (haha, Kollegen!) das Recht heraus, so etwas von ihm zu behaupten. Niemand hat Ein-blick in sein Leben, niemand kennt seine Vorlieben und Hobbys.

Herr M. träumt mit offenen Augen von den Spaziergängen im Park, der Münzsammlung und der Modelleisenbahn, Spur H0. Sein gesam-tes Geld investiert er in diese kleinen Alltagsfreuden, und er kann es sich leisten. Ist das etwa das Leben eines armen Schweins?

Herr M. möchte die Frage hinausrufen, so laut, dass es alle erreicht, die so über ihn denken. Doch er bleibt stumm, und der Alltag holt ihn wieder ein. Muss er nicht aufstehen?

Die Antwort ergibt sich aus dem Wochentag. Gestern war Herr M. noch lange im Park gewesen und hatte einer Unterhaltung gelauscht von zwei elegant gekleideten Herren, die über das Sonntagsspiel der Eintracht palaverten. Die Mannschaft hatte eine Niederlage einstecken müssen – und das bei einem Heimspiel! Die beiden Männer waren sich uneinig, wer der Schuldige an dieser Schmach sei.

Sonntagsspiel, Sonntagsspiel geht es Herrn M. durch den Kopf. Wenn das Fußballspiel gestern, am Sonntag, stattgefunden hatte, ist heute demzufolge Montag. *Schockschwerenot, ich muss seit dreißig Minuten an meinem Arbeitsplatz sein! Was mach ich bloß, was mach ich bloß! Das gibt Ärger!*

Aber warum hatte der Wecker nicht geläutet? Warum setzt sich die Kaffeemaschine nicht automatisch in Betrieb und lullt ihn ein mit ihrem anheimelnden Gluckern? Weder riecht es nach Kaffee, noch hört er das leiseste Geräusch, ja, im gesamten Haus ist nichts zu vernehmen. Wo sind die Nachbarn, die über ihm leben – eine Familie mit drei Kindern –, die ihn oft daran hindern, einzuschlafen. Die Rotzbande streitet und rauft sich meist abends, wenn er müde ist. Und das in einer zermürbenden Lautstärke. Herr M. hatte ja nicht prinzipiell etwas gegen Kinder, an diesem Morgen hätte er sich sogar gewünscht, dass die Gören von oben bei ihm klingeln, um ihm einen Streich zu spielen.

Ja und damals, mit der Renate, erinnert sich Herr M., da hatte er Kinder gewollt, aber sie war dagegen. Wollte erst was erleben! Dabei gaben wir so ein nettes Paar ab, das meinten auch die Kumpane vom Stammtisch. Und dem Schmitzer, einem dicken Mittfünfziger, nee, dem hatte er sowieso nie geglaubt, wenn der tönte, dass die Renate, seine Renate!, den anderen vom Stammtisch schon tüchtig den Marsch geblasen hätte. Dabei hatte der Schmitzer immer dröhnend gelacht, und die Biertropfen liefen in seinen roten Bart, und die anderen schauten betreten zur Seite. Und als nach drei Jahren seine Reni dann meinte, sie wolle Willi nicht mehr sehen, weil er so ein Stubenhocker und sie noch zu jung sei, um sich festzulegen, da hatte er ihr nicht im Weg gestanden. *Nein,* erinnert sich Herr M., *ich habe sie ziehen lassen! Ha, die Renate, die gute Seele. Glücklich ist sie trotzdem nicht geworden mit ihrem Metzgermeister, der sie regelmäßig betrog. Wäre doch besser bei mir geblieben!* Trotzig wie ein kleines Kind lässt sich Herr M. seitdem nicht mehr beim Stammtisch blicken.

Irgendetwas stimmt nicht, und Herr M. grübelt erneut. Vielleicht ist heute irgendein Feiertag, ja so muss es sein. Deswegen ist er auch ein wenig übel gelaunt, denn Feiertage unter der Woche warfen Herrn M. immer aus der gewohnten Bahn.

Neulich zum Beispiel, am Ostermontag, da war ihm ja was passiert. Er kichert kurz in sich hinein bei der Vorstellung, wie er letztes Jahr am Feiertag um 6.00 Uhr aus dem Schlaf abgeholt wurde von seinem geliebten Wecker. Der Morgenkaffee hatte köstlich geschmeckt, und seine Stullen hatte er mit mittelaltem Gouda belegt. Dann war er aus dem Haus getreten und mit der U-Bahn zur Arbeit gefahren. Dass keine Menschenseele auf der Straße war, wunderte ihn zwar ein wenig, aber erst, als er vor dem verschlossenen Bürogebäude stand, wurde ihm schlagartig klar, dass er sich vertan hatte. Die Großstadt schlummerte in wohlverdienter Ruhe. Herr M. ging trotzdem hinein, schließlich hatte er als langjähriger Mitarbeiter einen Schlüssel zu allen Abteilungen. Und wie er den Schlaf der Bürger genoss! Er arbeitete an diesem Tag seine gewohnten acht Stunden, zur Mittagszeit verschlang er die Brote und schaute aus dem Fenster, ohne sein Tun infrage zu stellen. Nicht an diesem Ostermontag und auch an keinem anderen Arbeitstag.

Warum hat er bloß heute nicht geklingelt, der schmucke Wecker, ihn nicht aus dem Schlaf gerissen mit diesem unnachahmlichen, zwar penetranten, aber auch süßen Geräusch? Allzu spät war Herr M. doch nicht ins Bett gegangen. Er hatte nur seine Bahn ein paar Runden fahren lassen (die Dachziegel des Bahnhofshäuschens müssten mal wieder geklebt werden), sich einen in Frankfurt spielenden *Tatort* angeschaut und dabei zwei Bier getrunken. Die Sawatzki fand er richtig sexy. Die mimte eine tolle Kommissarin. Am besten gefielen ihm die Sommersprossen. Renate hatte auch Sommersprossen, verteilt auf dem gesamten Körper, und wenn er ihr etwas Nettes sagen wollte, dann nannte er sie *Sprösschen*, anstatt ihr zu sagen *Ich liebe Dich*. Das erschien ihm überflüssig und mit seinem analytischen Verstand nicht vereinbar. Herr M. hatte keinerlei romantische Ambitionen, wozu denn auch? Sie waren ein Paar, jeder wusste das, am besten doch seine Reni. Und da er sich mit dem Flirten schwertat, blieb denn auch Renate die einzige Frau, mit der Herr M. jemals geschlafen hatte. *Eigentlich schade*, denkt er und erkennt, dass Nachholbedarf besteht.

Nicht so, wie in diesem Sommer, als er einen Abstecher in einen Puff gewagt hatte! Bei dem Wort *Puff* kichert Herr M. erneut. Das hatte so etwas Verwerfliches und Heimliches. Aber weit war er seinerzeit nicht gekommen. Der Sommer war unerträglich heiß gewesen, die Stadt erstickte unter einer Smogglocke, und Herr M. schwitzte wie ein Boxer nach der zehnten Runde; seine Kleidung, am Morgen frisch gestärkt, klebte am nassen Körper. Als er das Bordell betrat, ereilte ihn ein Hitzekoller, und er verschwand so schnell und diskret, wie er gekommen war. Wie konnte ein Mann bei Temperaturen um die fünfunddreißig Grad Lust empfinden?

Herr M. beschließt, an einem der kommenden Wochenenden sein Glück noch einmal zu versuchen. Gelegenheiten gibt es genug, lässt er sich durch den Kopf gehen, dafür ist die Großstadt ja bekannt!

Herr M überschlägt, wie lange er so dagelegen und über sein Leben nachgedacht hat. Er sieht auf die Uhr und stellt beängstigt fest, dass ihm der Wecker seit Stunden acht Uhr entgegenleuchtet. Er fixiert das Gerät, das intakt zu sein scheint, und eine schwermütige Lähmung überkommt ihn. Er fühlt sich seltsam betrogen; er will aufstehen und zur Arbeit fahren und am Abend seine Eisenbahn ein paar Runden drehen lassen, oder, besser noch, er will gleich Renate anrufen, um sie einzuladen, vielleicht mal zum Tanzen oder ins Kino. Er könnte sich auch einen Tag krankmelden! Sich einfach überraschen lassen, was das Leben außerhalb des vertrauten Arbeitswegs zu bieten hat!

Er will endlich raus aus dem Bett, raus, aufstehen ...

Aber nichts regt sich an ihm, nicht der kleine Finger, nicht einmal ein Augenlid. Er ist starr.

Und so schaut Herr M. für den Rest seines Todes auf die Uhr.

Reimmund Löwenkrebs

In Hoffnung

Ich bin
Guter Hoffnung
Es wächst in mir
Ein schöner tiefer
Wahrer Traum

Er drängt danach
Endlich geboren zu werden
Von mir
Ans helle Licht des Tageslebens zu gelangen

Ich rufe ihn schon jetzt
Bei seinem Namen

ERWACHEN

Britta Tensfeld-Pauls

Der Falschspieler

Der warme Sommerwind zupfte an ihrem Haar. Ulrike erhob das Gesicht aus einer trocken werdenden Pfütze. Lehm verklebte ein Augenlid, hatte sich wie ein Brett auf den Wimpernkranz gelegt. Langsam wich das Kaleidoskop aus Farben und Formen, um den Blick zu schärfen für Grashalme, den Zaun und den Spazierweg. Rinder glotzten an ihr vorbei. Der Versuch, den Arm zu heben, wurde mit anhaltendem Brennen bestraft. Er lag lang hingestreckt in den Nesseln, die nun ihr quälendes Gift erneut an die Haut abgaben. Wie lange lag sie da? Schnecken hatten Spuren an den Beinen hinterlassen. Die Fährten glitzerten in der Morgensonne.

Ja, hier war sie zu Fall gekommen. Ein Schlag hatte sie getroffen. Sie befühlte ihren Hinterkopf, besah anschließend ihre Hände. Kein Blut. Nur eine dicke Beule.

Sie rappelte sich auf, machte sich begleitet von durchdringenden Kopfschmerzen auf den Heimweg. Taumelnde Schritte auf dem unwegsamen Trampelpfad. Die pelzige Zunge leckte über trockene Lippen. Als hätt' ich zu viel Rotwein gehabt gestern Abend. War es überhaupt gestern gewesen? Sie kam auf den Hauptweg. Ein Déjà-vu aus Puzzleteilen ließ den vergangenen Abendspaziergang wieder aufleben.

»Sie sollten den Hund anleinen. Der Förster macht die Runde.« Das war Ulrikes Standardspruch, wenn wieder einmal ein frei laufender Hund hier im Naturschutzgebiet ankam, gefolgt von seinem frei laufenden Halter. Es war verboten.

Wenigstens hier sollten neben den angesiedelten Nutztieren auch Vögel, Kaninchen und Damwild nicht totgehetzt werden.

»Sie haben recht. Diese Ordnungshüter würden auch aufbegehren, wenn wir zwei hier nur auf einer Picknickdecke säßen, um beispielsweise den Nachtigallen zu lauschen. Wir könnten ja vielleicht eine Ameisenstraße unterbrechen und damit deren Kommunikationsfluss stören.« Der Hundehalter lächelte und leinte dabei seinen Hund wieder an. »Obwohl, ein Picknick in einer Ameisenstraße zu veranstalten, ist sowieso keine gute Idee«, fügte er mit einem weiteren smarten Lächeln hinzu. Ulrike hatte interessiert zugehört. Nun hatte auch sie lächeln müssen. »Selbst wenn man nicht vorhat, eine Decke für ein Picknick auszubreiten, hält dieses Gebiet einige schöne Ecken bereit.« Sie hätte das Gespräch gerne noch fortsetzen wollen.

Er hatte sie außer Gefecht gesetzt. Der sportliche Mann mit dem großen Hund hatte falschgespielt. Er hatte sich ihr Vertrauen erschlichen. Sie waren sich begegnet, gestern Abend, auf diesem einsamen Spazierweg am Rande des Naturschutzgebiets. Er hatte mit ihr geflirtet. Es hatte ihr geschmeichelt. Sein großer Hund hätte sie stutzig machen sollen. Ulrike hatte ihm von dem Reh erzählt, das sich gerne in der Abenddämmerung auf der Koppel zeigte. Das hatte ihn sehr interessiert, und sie hatte ihn zu der Stelle geführt, an der das Reh gerne hervorkam. Hier war sie nun aufgewacht mit einer Beule am Kopf.

Aber warum? War sie ihm so auf die Nerven gegangen, dass er sich nicht anders hatte verabschieden können? Oder lag sie falsch? Ulrike wühlte angestrengt in den Fragmenten der Erinnerung. Das letzte Bild war, wie ihr Reh in der Abenddämmerung auf der Koppel erschienen war. Der Hund musste das schon zuvor gespürt haben. Nervös fiepend hatte er unruhig an der Leine getänzelt. Dann hatte Ulrike der Schlag getroffen.

Die Antwort darauf erwartete sie zweihundert Meter weiter. In einer Furt fand sie das Reh mit durchgebissener Kehle. Lauthals stritten Rabenkrähen mit einem Falken um die Beute. Ulrike ging erneut zu Boden. War dieser Kerl aus purer Mordlust hierhergekommen? Sicher hatte er die Hetzjagd verfolgt. Vielleicht hatte er sogar zugesehen, zumindest zugehört, wie sein Hund sich im Blutrausch in dem Reh verbiss. Sie hatte es verhindern wollen. Das hatte ihn zusätzlich angestachelt.

Untersuchungen an dem Kadaver bestätigten, was bis dahin nur ein Verdacht war. Es wurde ein Gipsabdruck von der Bisswunde gemacht, der sollte helfen, dem Killerhund weitere Fälle zuzuordnen. Fotos des toten Rehs wurden im Naturschutzgebiet ausgehängt. So erfuhr Ulrike von der Identität des Aggressors. Durch den Austausch von Informationen mit einem Passanten, der dem Mann mit Hund noch Namen, Autokennzeichen und eine Adresse hinzufügen konnte, würde sie ihn finden.

Roman Book betrieb Holzhandel am Rand des geschützten Geländes. Es war nicht schwer, einen Termin zu bekommen für die Planung neuer Türzargen. Nur kurz war da eine Irritation zu erkennen in seinem Blick, bevor Herr Book, überrascht ob des Wiedersehens, Ulrike begrüßte. Er lotete aus. Könnte bei ihr vielleicht eine Erinnerungslücke vorliegen? Fröhliches Schwanzwedeln seitens des Hundes. Wenigstens bei dem Domestiken war sie willkommen. Offenbar verband er ein freudiges Erlebnis mit ihrer Person.

»Terry, Platz! Tja, so sieht man sich wieder. Was kann ich für Sie tun?« Ulrike hatte Blut geleckt. Sie spürte die Verunsicherung bei Herrn Book. Das tat gut. Er fragte sich wahrscheinlich, was sie von ihm wollte. Ihr Plan konnte gelingen.

»Die Türzargen bei mir zu Hause, die sollten Sie begutachten, bevor ich eine Vorauswahl treffe.« Sie zögerte. Dann setzte sie nach: »Ein Picknick wird es nicht. Aber ich könnte etwas kochen. Terry ist auch herzlich willkommen. Wir kennen uns ja schon gut.« Pure Skepsis im Blick von Herrn Book. Bevor er abwiegeln konnte, setzte Ulrike ihren Trumpf.

»Unser letztes Treffen verlief ja doch etwas holperig. Sie erinnern sich an den Überfall? Wurden Sie eigentlich beraubt oder verletzt? Ist Terry etwas geschehen? Es gibt interessante Hinweise. Ich könnte Ihnen noch etwas zeigen.«

Kein Wort von dem Reh. Hatte er den Köder geschluckt? Seine Schultern strafften sich sichtlich. Er wähnte sich auf sicherem Terrain. Und er war neugierig. »Ja, ein Ortstermin macht durchaus Sinn. Wann passt es Ihnen?« Sie verabredeten sich für den morgigen Mittag. Ulrike bestand darauf, dass Terry mit eingeladen war.

Das Stück Rehbraten war noch roh. Es war drapiert auf einer Servierplatte. Eine dazugehörende Wärmeglocke verdeckte den Köder.

Ansonsten waren Gemüse, Soße und Kartoffeln gar angerichtet. Wie zufällig stand das aufgeklappte Notebook auf dem Schreibtisch nahe dem Esszimmer.

Den Aufnahmewinkel hatte Ulrike überprüft. Als es an der Haustür klingelte, startete sie die Videoaufzeichnung. Herr und Hund betraten den Raum. Terry nahm sofort Witterung auf. »Platz, Terry, mach Platz«, gebot sein Herr und wies ihn an, sich neben ihm niederzulassen. Terry gehorchte. Ulrike schenkte Wein ein und bat ebenfalls darum, Platz zu nehmen. Jeder war nun in Position. Dann lüftete sie die silberne Servierglocke und damit das Geheimnis.

Mit einem Satz stürzte sich der Hund auf den Tisch. Die Augen weit aufgerissen schnappte er nach dem blutigen Fleisch. Terry schlug seine Zähne in das tote Tier und riss ein Stück heraus, mit dem er entfliehen wollte. Roman Book war ebenfalls aufgesprungen. Sekundenbruchteile später packte er seinen Hund am Hals. »Aus, Terry aus!« Er zog den knurrenden Hund weg vom Tisch. »Was wird hier gespielt?!«

Ulrike trat auf die beiden zu, sodass sie wieder gut zur Kamera standen. »Der Braten war wohl noch nicht durch, mein Fehler. Tut mir leid. Das passiert mir, seit ich den Schlag auf den Kopf bekam.« Sie musste vorsichtig sein.

»Verblendete Tierschützerin! Was willst du damit bezwecken? Ja, ich habe Terry auf das gottverdammte Reh gehetzt damals. Willst du uns stoppen? Pass lieber auf, wenn du spazieren gehst!«

Ulrike sagte nichts. Die beiden verließen das Haus.

In den folgenden Wochen erreichte eine Filmsequenz bei *YouTube* sehr hohe Betrachter-Quoten. Darin zu sehen: die Szene, als ein Hund im Blutrausch nach einem rohen Rehbraten schnappt und das Geständnis seines Besitzers, der seinem Vierbeiner solche Vergnügungen gerne am lebenden Objekt zuführt, bevorzugt im Naturschutzgebiet. Eindrucksvoll waren auch die Fotos im Wochenblatt mit den vergleichenden Gipsabdrücken der Bisswunden des Rehs auf dem Feldweg sowie dem ausgelegten Köder vom Esstisch. Das Zahnschema konnte eindeutig einem bestimmten Hund zugeordnet werden. Dazu war das Foto des toten Rehs abgedruckt. Die Berichterstattung ließ keinen Zweifel daran, dass der Hundehalter zur Rechenschaft gezogen werden würde. Dem Hund blühte ein ähnliches Schicksal wie seinen Opfern.

Aber Herr Book würde ziemlich ungeschoren davonkommen. Eine Geldbuße für eine Sachbeschädigung steht ihm nun bevor, sinnierte Ulrike. Diese würde wohl höher ausfallen, als wenn er die Ameisen gestört hätte, aber völlig unverhältnismäßig für diese grausame Tat. Mehr wäre als Strafe nicht zu erwarten für den selbstgefälligen Herrn. Nicht nachvollziehbar für einen normalen Menschen, der seine fünf Sinne beisammenhatte. Das ist doch Unsinn, Irrsinn! Und ein weiterer Sinn rebellierte einmal mehr in ihr: der Gerechtigkeitssinn!

Hatte ein Freund ihr nicht angeboten, seinen Revolver mitzunehmen, wenn sie abends so allein noch joggte oder in dem einsamen Gebiet spazieren ging? Er hatte sie damit vor Wildschweinen schützen wollen, aber die gab es ja auch auf zwei Beinen ...

Yvonne Naumann

Ich bin dann mal krank

Ostermontag – Sonnenwetter und ich lag brach im Bett. Ich kränkelte so vor mich hin, dachte: Schei... ausgerechnet heute, freier Tag und draußen Frühling pur. Aber mir war sehr nach Bett, nach zugezogenen Gardinen, Pfefferminztee, Wärmflasche, nach geschlossenen Augen. Ich war definitiv krank.

Am Dienstagmorgen kam eine Freundin kurz vorbei. »Nee, so kannst du nicht zur Arbeit. Mach dich zum Arzt!«, war die klare Ansage. Da ich vor gut einem Jahr umgezogen war, befand sich mein Hausarzt zwar fußläufig, aber zur alten Bleibe.

Im Zeitraffer gesehen: Taxi – Hausarztpraxis – Zimmer 1 – Krankenschein – Tabletten – Ergebnis der Blutwerte gegen Nachmittag – Wir hören uns – Gute Besserung.

Die Hausarzt-Odyssee hinter mir lassend, liege ich Pillen einwerfend in meinem Bett. Einen letzten Schluck Tee trinkend, schlummere ich selig mit der festen Absicht ein: Jetzt schlaf ich mich gesund.

Am Nachmittag schaut erneut jene Freundin nach mir. Richtig gut sehe ich noch immer nicht aus, eher wirklich krank. Meine Umwelt macht auf sehr beunruhigt. Ich eher nicht, bin eben auch mal dran!

Mein Arzt ruft an und überbringt die Hiobsbotschaft.

»Ihre Blutwerte sind eine Katastrophe, gehen Sie bitte sofort ins Krankenhaus!« Scheiße, denke ich! Gehen sowieso nicht, da komme ich nie an, auch wenn ich in unmittelbarer Nähe zum UKE wohne.

Ich rufe Freund *Immer für mich da* an, kannst du mal, ja, Freund *Immer für mich da* kann.

Derweil packe ich zusammen, was mein Hirn so denkt. Morgenmantel, Unterwäsche, Nachthemd, Strümpfe, Hausschuhe. (Freunde sprechen ungeniert davon, ich sei die Frau mit den hässlichsten Hausschuhen, mir egal, dafür sind sie bequem!) Unbedingt einen Föhn (nein, meine Haare sind mir nicht egal!). Kulturbeutel (was der wohl mit Kultur zu tun hat?), eine bequeme Hose, T-Shirt, Handtuch.

Freund *Immer für mich da* kommt und wir dampfen Richtung Krankenhaus ab, besser gesagt, ich schleiche und er macht den Dampf.

Notaufnahme. Ein mächtig trügerisches Wort. Da geht es nicht nach der Not, sondern nach der Reihe.

Ich komme mir vor wie in einer Postfiliale. Eine gelbe Linie markiert, bis hierher und nicht weiter, bleiben Sie diskret! Ich bin froh, dass ich den Arm von Freund *Immer für mich da* habe, ansonsten würde ich wohl seit zehn Minuten auf meiner Tasche sitzen oder hängen oder so. Sitzgelegenheiten gibt es nicht. Hier steht man an, hier sitzt man nicht irgendwo herum!

Freund *Immer für mich da* muntert mich auf: »Wenn du es über die gelbe Linie schaffst, bist du drin!« Wo er recht hat!

Endlich der rettende Schalter. Kurzes Erläutern und natürlich Erleichtern um zehn Euro (Notfallpraxisgebühr!). Muss schließlich alles seine Ordnung haben.

Person im Notfall … Ihr Mann? … Nein … Ja, o. k. und seine Adresse wird notiert.

Am Nebenschalter sagt man mir, wohin. Wartezone 2, links den Gang runter. Na, dann mal los.

Meine inneren Werte sind erneut gefragt, rot wie gelb. Freund *Immer für mich da* verabschiedet sich, glaubt er mich doch nun in den ersehnten helfenden Händen. Die Schwester nimmt reichlich Blut ab, die kleckert nicht, die klotzt! Und legt mir zudem einen steten Zugang, falls sie nachher noch mal … Wenn es einen Preis für die besten Adern gäbe, würde ich mich umgehend bewerben, ich bin beidseitig ein Leckerbissen und meine Chancen auf den Sieg stünden verdammt gut.

Aber ich muss wieder in Wartezone 2. Mit dem Arzt, das dauert noch, werde ich vertröstet. Hier sitzen bereits diverse Kränkelnde, Männer wie Frauen, Junge wie Alte. Der eine junge Mann hat etwas zu trinken, der hat es gut. Ich merke, wie durstig ich bin. Aber hier scheint es nichts zu geben.

Ich sitze unbewegt eine weitere Dreiviertelstunde, dann raffe ich mich auf und gehe zum Tresen von Wartezone 2.

»Ich habe solchen Durst, kann ich bitte etwas zu trinken bekommen?« Ich habe die zwei Schwestern in ihrem Gespräch gestört, das kommt nicht gut.

»In der Wartezone 1 stehen Getränke bereit!« Ich wusste es, keine der beiden sieht sich befleißigt, mir armem Kranken etwas zu holen. In deutschen Krankenhäusern herrscht Selbstbedienung! Jawohl!

Was bleibt mir übrig, ich trotte in Wartezone 1 und erreiche auch den Getränkewagen, aber leider erkenne ich nur leere Flaschen oder bereits geöffnete Flaschen oder … ich könnte mich hinwerfen, mit den Beinen strampeln und einen Anfall vortäuschen. Aber wahrscheinlich bekäme ich dann eher die Jacke mit den langen weißen Ärmeln an als etwas zu trinken! Ich lasse es und trotte traurig zurück. Ich sage am Tresen von Wartezone 2 Bescheid und denke, nun müssen die Tanten doch endlich in Wallungen kommen, aber weit gefehlt. In Wartezone 1, da stünde doch auch ein Wasserautomat in der Ecke, erinnert sich die eine Schwester. Das ist dann definitiv zu viel für mich und ich vermelde, dass mir mein Durst vergangen ist! Was er natürlich nicht ist, aber ehe ich das Heulen kriege vor diesen Puten, halte ich durch und warte auf ein Wunder.

Herr Dr. *Sowieso* erbarmt sich meiner und ich folge ihm mit meinen drei Gepäckstücken in ein Untersuchungszimmer.

Ein einziges Mal in meinem Leben bedurfte es bisher einer Notfallpraxis für mich. An einem Sonntag, es war mein Geburtstag, und es ging um Zähne. Mein Weisheitszahn ließ mich an seinem dringenden Auszugswunsch unverhohlen teilhaben. Mein Schwiegervater sagte damals, dann nichts wie hin zur Notfallpraxis, bevor deine Gäste kommen. Wir also hin und was soll ich sagen, im Wartezimmer saßen wir nicht allein. Zähne lassen sich in den seltensten Fällen dazu bewegen, zwischen Montag 8.00 Uhr und Freitag 12.00 Uhr wehzutun. Es herrschte eine erstaunlich ausgelassene Atmosphäre. Alle waren guter Hoffnung, alsbald – und das ohne Zahnweh – wieder den schönen sonntäglichen Dingen nachzugehen. Der Notfallzahnarzt kam und der Erste kam dran und kam raus und blickte so gar nicht gut drein. Und der nächste Patient kam auch eher mit gequälter Miene aus dem Behandlungszimmer. Da sah ich kurzerhand Mann und Schwiegervater an und meinte: Meine Gäste warten, wir sollten dann langsam aufbrechen. Ich habe meinen Geburtstag dank hochprozentigem Kirschlikör bestens überstanden und meinen Zahn am nächsten Morgen meinem Leibzahnarzt vorgestellt, aber da hatte es sich der weise Zahn anders überlegt und sich beruhigt. Manchmal sollte man auch einen Rückzieher machen.

Aber zurück zu meinem Kranksein im Jetzt und Hier.

Im Untersuchungszimmer sitze ich erst auf der Liege und er fragt mich dieses und jenes. Dann muss ich mich hinlegen und er macht einen Ultraschall von der linken Niere. Sicher redet Dr. *Sowieso* ruhig und besonnen, und sicher ist mein derzeitiger Zustand daran schuld, dass ich das Gefühl habe, nichts an Wissen aufnehmen zu können.

Ich muss erneut draußen im Bereich Wartezone 2 Platz nehmen. Minuten später kommt eine Schwester auf mich zu.

»Sie sitzen schon länger hier, kann ich etwas für Sie tun?« Die schickt der Himmel, denke ich. Und lege ihr meinen Durst ans Herz und bekomme umgehend eine noch ungeöffnete und randvolle Flasche Mineralwasser nur für mich!

Herr Doktor *Sowieso* verlangt erneut nach mir, aber wir nehmen gleich um die Ecke Platz und er eröffnet mir Folgendes:

»Ihre Blutwerte sind miserabel, wir behalten Sie für ein, zwei Tage zur Kontrolle hier. Sie bekommen einen Dauerkatheter und ein Antibiotikum. Ein Bett habe ich schon organisiert für Sie, aber keine Angst, da müssen Sie jetzt nicht allein hin. Da kommt gleich jemand und holt Sie hier ab.«

Dauerkatheter, na prost Mahlzeit. Ich sehe sofort alte Opis vor meinem geistigen Auge, die im Bademantel mit eingestöpselten Pissbeuteln über Krankenhausflure schlurfen. Dem Opi ist das vielleicht wurscht, mir mit meinen weiblichen vierundvierzig eher nicht.

Ja, ja, schon gut, ich füge mich und schleiche ab morgen mit übern Flur!

Wenig später kommt ein junger Mann, sieht aus wie ein Sanitäter. Ja, der Name stimmt, ich bin jene Frau, die er auf Station 3 E bringen soll.

Er greift beherzt zwei meiner drei Gepäckstücke und merkt umgehend, er muss langsamer laufen, ansonsten hat er mich an der nächsten Ecke verloren.

Die Orientierung habe ich schon lange verloren, mein Denkapparat im Gehirn hat gnadenlos runtergefahren und läuft auf Notstrom. Von meinen sonst zweihundert Energien sind vermutlich höchstens zwanzig am Netz, also auch da nur Notversorgung.

Dann hinein in einen Aufzug, dann wieder einen Flur entlang. Alles ist ziemlich hell und klar, dieser typische Krankenhausmuff überkommt mich nicht. Ein Tresen kommt in Sichtweite, Anmeldung Station 3 E. Die Schwestern wissen schon über mich Bescheid und es geht in Zimmer 10.

Die Dame im hinteren Bett ist hoch betagt und trotz später Stunde noch quietschfidel und zappt sich munter durchs Fernsehangebot.

»Richten Sie sich ein, dieser Schrank ist frei.« Sie zeigt auf einen von zweien.

»Machen Sie sich frisch, lassen Sie sich aber Zeit, wir kommen später zu Ihnen und legen den Katheter.«

Ich mache mich frisch, schlüpfe in mein Nachthemd und harre im fremden Bett der Dinge, die da kommen werden.

Fast bin ich eingeschlafen, aber vergessen wird hier keiner. Schwester *Sonnenschein* und Pflegeschüler *Gerne doch* treten an mein Bett.

Der Katheter ist schneller gelegt als gedacht und tut nicht weh. Der Beutel hängt rechts an der Bettkante, am dazu vorgesehenen Haken, wie dezent.

Die Tür bleibt angelehnt, ob wegen mir Neuzugang (ein so schwerer Fall bin ich doch hoffentlich nicht) oder wegen Tüddelomi hinten, weiß ich nicht genau. Jedenfalls bekomme ich noch gesagt, falls Omi was plant, soll ich besser nach der Schwester klingeln.

»Ach, die Klingel hänge ich Ihnen mal nach vorn, dann gute Nacht.«

Leichter gesagt, als getan. In diesem ungewohnt schmalen Bett und ohne meine zwei kleinen Schmusekissen kann ich sowieso nicht entspannt in den Schlaf kommen. Was mir hier als Kopfkissen zugeteilt ist, verdient diese Bezeichnung definitiv nicht. Ich habe eine Nacht lang Zeit zu überlegen, was das wohl ist. Ich definiere es später so: in einem Kopfkissenbezug getarntes und Kopfschmerzen erzeugendes Platt-Teil!

Irgendwie scheine ich dann doch Schlaf gefunden zu haben, denn ich werde munter, da das Grelle der Neonleuchten mich trifft. Verschlafen schaue ich auf, natürlich ohne Brille. Eine Fata Morgana in Weiß betritt unser Zimmer. Ich sehe eine große Kitteltraube, die sich ums hintere Bett platziert. Eine männliche Stimme brabbelt vor sich hin. Die Traube kommt erneut in Bewegung und drapiert sich um mein Bett. Zehn, vielleicht vierzehn Ärzte, ich kann es ohne Brille nur schätzen, starren mich an. Mein Doktor *Sowieso* von gestern Abend gibt sich zu erkennen. Er hätte mich aufgenommen, schlechte Blutwerte, mehr verstehe ich nicht. Alle schauen betreten und ich denke noch, so schlimm wird es schon nicht sein. Da meint Frau Professorin *Von und Zu*: »Das braucht jetzt etwas Geduld.« Und schon schwebt die Kitteltraube aus dem Zimmer.

So sieht also eine morgendliche Visite aus. Ohne Vorwarnung kommen die Götter in Weiß und visiten dich. Gut, ich werde mich daran gewöhnen.

Furchtbar sehe ich aus, meine Frisur gleicht einem wild gewordenen Stuhlpolster. Meine Rundbürste liegt zu Hause, Mist, aber mein Föhn wird es schon richten. Vielen mag das in einer solchen Situation schlicht egal sein, mir nicht. Vielleicht geht es mir aber auch noch nicht schlecht genug.

Ein Zivi betritt das Zimmer und erkundigt sich, ob wir etwas brauchen. »Sie kommen wie gerufen«, sage ich und frage ihn nach der Technik an meinem Nachttisch. Der ist nämlich nicht nur ein Nachttisch, sondern seitlich ist ein Monitor angebracht, und wie ich gestern Abend bei Omi sah, kann man damit fernsehen. Der Monitor sei alles in einem, erfahre ich. Fernsehen, Radio und Internet sind kostenfrei, Telefon ist auch integriert, braucht man aber eine Karte. Diese wird er mir umgehend besorgen. Leider sind die Kopfhörer unten aber gerade aus. Das ist kein Problem, Freund *Immer für mich da* kommt nachher, der wird sicher welche zu Hause haben.

Zuerst mal gibt es Frühstück. Worauf ich Hunger habe, werde ich da gefragt, ich lasse mir das Angebot aufzählen. Sage irgendwann: *Stopp* und entscheide mich für Mischbrot mit Schnittkäse und einen Pfefferminztee. Ganz ohne Bestellung bekomme ich noch einen Joghurt dazu, sehr aufmerksam. Die nette Dame, die aussieht, als wäre sie vom Bahnrestaurant, gibt mir gleich noch die Menükarte für das Mittagessen. Ich bestelle mir Hähnchen mit Möhren und Kartoffeln.

Freund *Immer für mich da* hat natürlich Kopfhörer zu Hause und so bin ich jetzt technisch bestens ausgestattet. Nun kann ich mir die Nachmittagstalkshows reinziehen und keiner hört mit. Mein Zimmer hat eher Hotelcharakter als Krankenhausatmosphäre, wirklich! Ich bin etwas beeindruckt. Stäbchenparkett und helle Wände, an denen Fotos mit Strandmotiven hängen. Sogar der Sonnenschutz wird nicht dem Zufall überlassen. Steht die Sonne demnächst direkt auf das Zimmer, werden die Sonnenschotts automatisch vorgefahren. Wenn das nicht Hightech in Vollendung ist!

Als mein erster Besuch wieder gegangen ist, liege ich einfach so herum, lese in meinem mitgebrachten Buch. Ich gesunde doch hoffentlich und warte, dass der Tag vergeht. Am Nachmittag kommen zwei Freundinnen. Freundin *Mach dich zum Arzt* stellt fest, ich sollte nur zum Arzt gehen, nicht gleich ins Krankenhaus. Die beiden hatten es schwer, sich zu mir durchzuarbeiten. Im Schilderwald in deutschen Krankenhäusern kann man die Übersicht leicht verlieren. Man muss sich entscheiden, hält man sich an die Schilder oder hört man auf einen, der sagt, wo es lang geht. Sie taten Letzteres und hatten sich völlig verfranzt. Ich kann nicht viel sagen, ich liege im Zentrum auf 3 E und warte, dass meine Freunde mich hier finden. Wie sie hierher gelangen, entzieht sich gänzlich meiner Kenntnis.

So schlurfe ich mit ihnen und fast schon selbstverständlich mit meinem Beutel rechts auf halber Höhe in einen kleinen Aufenthaltsraum, wo wir ungestört sind.

Ich erkläre, heute zwar nur die Drittschönste zu sein, aber das kurzfristig wieder aufzuholen. Das ist in Ordnung, wird mir entgegnet, dafür setzt du dich an die Stirnseite und hast zumindest heute das Sagen.

Ich verlebe eine vergnügliche Stunde, merke dann aber, dass ich doch wieder in die Waagerechte möchte und wir verabschieden uns. Ich habe von Freundin *Immer wieder mittwochs* zwei Illustrierte bekommen und endlich mal was Süßes.

Das Abendessen, es wird wohl aus verdauungstechnischen Gründen schon kurz nach 17.00 Uhr gereicht, funktioniert nicht nach der Methode: bestückten Teller hinstellen und Patient isst, was es gibt. Es funktioniert, wie schon am Morgen nach der Devise: Worauf haben

Sie Appetit? Appetit hätte ich auf nach Hause gehen, aber diesen Wunsch wird mir die nette Dame nicht erfüllen.

Ich werfe mir meinen Morgenmantel über, greife meinen mobilen Toilettenbeutel und trete im Flur an den fahrbaren Tresen. Ich wähle aus und meine Bestellung wird per Tablett auf meinen Nachttisch bugsiert. Mit einem *Guten Appetit* verlässt sie den Raum.

Nach meiner ersten, etwas schlaflosen Nacht bestelle ich mir heute bei der Nachtschwester eine Schlaftablette. Die erste in meinem Leben! Ich frage nach der Einnahme. Aha, halbe Stunde vorher, ich bin da ungeübt …

Halb zehn werfe ich mein Pillchen ein und was soll ich sagen …

22 Uhr war ich bereits im inneren Nachtprogramm und habe prächtig geschlafen.

Am nächsten Morgen schrecke ich aus meinen vermeintlichen Träumen hoch und vier Männer in Weiß drapieren mein Bett.

Meint der eine: »Sie sehen doch noch ziemlich geschafft aus!« Macht der Witze!

Drei Sachen liegen mir spontan auf der Zunge:

1. Ich habe noch nicht mal eine Brille auf der Nase, aber schon fremde Männer am Bett, da guck ich immer so!

2. Das war heute meine Premierennacht mit Schlaftablette, seien Sie froh, dass ich überhaupt schon munter bin!

3. Sie sollten nicht vom Zustand meiner Frisur auf meinen Gesundheitszustand schließen!

Ich schlucke alles hinunter, und derweil die Gedanken rauschen, verlassen Weißmänner bereits die Räumlichkeit.

Heute wurde somit nur die kleine Fata Morgana geboten.

Als später Freund *Immer für mich da* zu Besuch kommt, fragt er mich doch im Ernst, warum ich den Arzt nicht gefragt hätte, wann ich nach Hause komme. Ich erkläre, froh zu sein, so kurz nach dem Aufwachen mein Leben zu haben und mit ungeputzten Zähnen führe ich eh keine Kommunikation mit vier mir gänzlich fremden Männern!

Freund *Immer für mich da* lacht, o. k., das kann er verstehen …

Heute kommt nun auch Mama angereist, schließlich braucht das Kind Hilfe! Ja, braucht es.

Mamabesuch ist doch etwas ganz eigentümlich Warmes und unersetzbar, egal wie alt man ist.

Am Abend fühle ich mich stark genug, die Nacht ohne Schlafpille zu begehen und winke dankend ab. Vielleicht ist es mir vergönnt, am Morgen vor der Visite ein Auge aufzutun, vielleicht …

Leider will der Schlaf nicht kommen und Tüddelomi tut nichts Unrechtes, muss aber noch zur Badkeramik. Ich sehe im Halbdunkel, wie sie sich auf den Weg macht, an meinem Bett lang hangelt und im Bad verschwindet. Ich wechsle die Liegeseite. Gefühlte Stunden später. Der Lichtkegel vom Bad trifft mich. Omi kommt wohl aus dem Bad, aber sie kommt nicht in meinen Blickwinkel. Wo ist sie abgeblieben?

Ich drehe mich um und staune nicht schlecht. Omi sitzt auf meiner Bettkante!

»Das ist mein Bett«, rufe ich entrüstet und keineswegs amüsiert.

Omi springt auf. »Oh, das tut mir leid.« Sie hangelt sich erneut an meinem Bettende entlang. Ich will schon die Augen schließen und staune abermals. Omi platziert sich von der anderen Seite auf meinem Bett.

»Das ist immer noch mein Bett!«

Omi schreckt wieder hoch. »Oh, dann muss ich doch noch weiter.«

Sie erhebt sich erneut und trottet brav zu ihrem Bett. Was soll ich sagen, vielleicht gut, dass ich keine Schlaftablette genommen hatte, sonst würden wir jetzt vielleicht auf neunzig Zentimetern gemeinsam träumen. Die Nacht ist trotzdem unruhig und so beschließe ich, am Abend wieder die Hand aufzuhalten.

Zum morgendlichen Ablauf muss ich nichts sagen, Sie vermuten richtig.

Bei der täglichen Blutabnahme am späten Vormittag wende ich mich an Schwester *Sonnenschein* und frage die vermeintliche Nach-Hause-Frage. Pflegeschüler *Gerne doch* käme nachher mit den Werten, bemerkt sie. Nun bin ich doch beeindruckt. Endlich sehe ich es schwarz auf weiß. »Heute, am Freitag, ist der Wert 106.« Er erklärt: »Der muss unter 100 sein, dann geht's nach Hause.« Ich bekomme meine morgendliche Dosis Antibiotika verabreicht und beschließe, mich heute zu schonen, um morgen, na ja …

Samstags scheint alles anders und auf nichts ist Verlass. Abläufe sind nicht dazu da, immer gleich zu sein, das wäre schließlich zu einfach und gar zu durchsichtig.

Ich habe meine Morgentoilette hinter mir, mich zurechtgemacht, mein Haar sitzt. Ich sehe menschlich, ja, fraulich aus. Das Frühstück ist eingenommen, aber es nützt alles nichts. Es ist nach 10 Uhr und keiner kommt.

10.30 Uhr, Mama trifft ein und wäre zu meiner Abholung bereit. Nein, ich kann noch nichts sagen. Mein tägliches Morgenweiß verblasst zum Mittagsgelb.

11.10 Uhr kommt Schwester *Sonnenschein*. »Sie sind ja noch da!« Was für eine Aussage. Nein, ich gehöre nicht zu denen, die sich wegstehlen. Ich bleibe bis zum bitteren Ende! »Ich frage den Arzt«, verspricht sie und schwirrt ab.

12.00 Uhr kommt sie und überbringt die frohe Botschaft. »Sie dürfen gehen, ich bringe gleich die Arztbriefe und Ihre Tabletten.«

Mit dem Taxi geht es nach Hause. Das hat schon Bedeutung und fühlt sich gänzlich anders an, als von der Urlaubsreise kommend am Flughafen in ein Taxi zu steigen.

Meine erste Amtshandlung zu Hause: Ich gehe ins Schlafzimmer, setze mich aufs Bett und senke langsam und bewusst den Kopf auf mein Kopfkissen. Genau, so fühlt sich an, was den Namen Kopfkissen verdient! Weich und anschmiegsam! Zu Hause ist eben doch zu Hause, da hält kein Krankenzimmer mit, wie neu eröffnet auch immer!

Und meine zweihundert Energien, so sie mich denn wieder erreichen, werde ich anfangs in meiner Hosentasche versenken und nur für mich nutzen, versprochen!

Britta Heitmann

Der 8. Sinn des Jägers

Zufrieden betrachtete er die Deutschlandkarte an der Wand seines Hobbykellers. Die schwarzen Stecknadeln – zwölf an der Zahl – waren die Erfolge vom letzten Jahr, eine für jeden Monat. Dieses Jahr waren die Nadeln rot – blutrot.

Als Außendienstmitarbeiter war er ständig bundesweit unterwegs. Das hatte dazu geführt, dass er jetzt schon seit anderthalb Jahren ungehindert seiner speziellen Neigung nachgehen konnte: Er tötete. Spontan, sinnlos und ohne Spuren zu hinterlassen. Keiner wusste, dass es ihn gab, denn es gab keine Zusammenhänge zwischen den Taten. Seine Opfer waren alt oder jung, männlich oder weiblich – egal. Hauptsache tot. Allerdings nahm er keine Kinder, die Vorstellung, so unschuldige Wesen zu töten, war ihm unerträglich.

Sein nächstes Ziel war Hamburg. Dort steckte schon eine Nadel aus dem letzten Jahr, damals war er noch in der Übungsphase. Fast schämte er sich wegen seiner Einfallslosigkeit. Es war ein Obdachloser am Hafen gewesen, der sich am dunklen Ende des Pontons in seinen Schlafsack verkrochen und ihn betrunken um ein paar Euros angebettelt hatte. Euros hatte er nicht bekommen, aber einen Flachmann mit Rum, der ihm schnell den Rest gab. Es war nur ein kleiner Schubs nötig und der Mann versank in der Elbe. In der Zeitung stand, es wäre ein bedauerlicher Unfall.

Tagsüber besuchte er Kunden, um sie von den Vorzügen der Schrauben und Muttern seines Arbeitgebers zu überzeugen. Abends lief er durch die Straßen, immer auf der Suche. Er hatte einen eigenen Sinn dafür entwickelt, wer sich als Opfer eignete. Wenn seine Aufmerksamkeit auf jemanden fiel, überlegte er, wie er es machen könnte. Dabei verwendete er gern das, was er vor Ort vorfand. Das Improvisieren machte ihm am meisten Freude. Es wurde sein einziges Hobby.

Im Herbst und Winter war immer wieder die Gelegenheit, die gute alte Schalnummer durchzuziehen. Frauen liefen schnellen Schrittes mit wehenden Schal- oder Tuchenden auf den Wegen durch Parks oder einsamen Straßen nach Hause – ein Klassiker. Leise folgte er auf Gummisohlen, griff nach den Enden und zog blitzschnell zu. Es war lautlos und sauber, und es fand sich auch immer wieder jemand aus dem Umkreis des Opfers, der in Verdacht geriet, waren es doch meistens Beziehungstaten, die hinter Morden steckten. Das Ganze in größeren Abständen quer über die Republik verteilt – so kam auch kein Verdacht von einer Serie auf. Allerdings musste er die Schalvariante erst einmal aus dem Programm nehmen, bevor doch noch irgend so ein Schlaumeier von Fallanalytiker vom BKA einen Zusammenhang sah.

Manche Ideen waren zwar schwer zu realisieren, aber brillant. Bei einem abendlichen Spaziergang im Frühjahr kam er an einem kleinen Bungalow vorbei. Das junge Paar war am Streiten und am Grillen. Bei der nächsten Runde hatten sie sich offensichtlich vertragen und knutschten eng umschlungen. Schließlich gingen sie hinein und ließen die Terrassentür offen. Als im Schlafzimmer das Licht anging, schlich er leise zur Terrasse und stellte den noch schwelenden Grill in das Wohnzimmer. Von nebenan hörte er, wie sie zur Sache kamen. Gut, die Schlafzimmertür war also offen. Er schloss die Terrassentür von innen, schlich leise durch den Flur und entschwand durch die Haustür. Wieder ein bedauerlicher Grillunfall, bei denen die Menschen die Gefahr von Kohlenmonoxid in schwelender Holzkohle unterschätzt hatten. Für ihn war es eines seiner Meisterstücke.

Jetzt war also wieder Hamburg an der Reihe. Wegen einer Handwerkermesse war er sogar eine ganze Woche hier und konnte in Ruhe nach einem Opfer suchen. Dieses Mal hatte es ihm die Natur angetan. Er spazierte in der Abend- und Morgendämmerung durch den Stadtpark. In der Ferne sah er mehrfach eine Joggerin. Sie rannte, als würde sie verfolgt werden, und schien vor irgendwelchen Dämonen davonzulaufen. Irgendwann wurde sie langsamer.

Sandra Schäfer hatte wieder nicht schlafen können. Sie kam nicht zur Ruhe, obwohl sie jetzt schon seit Wochen krankgeschrieben und in therapeutischer Behandlung war. Nur beim Laufen fand sie eine Art

Entspannung, sie rannte einfach durch den Park, bis sie keine Kraft mehr hatte. Sie war schon in der Auslaufphase, als hinter einem Baum ein Mann mit einem Knüppel hervorsprang. Instinktiv drehte sie sich in seine Bewegung ein, überdrehte seinen Arm und drückte ihn mit einer kräftigen Kreisbewegung zu Boden. Der Bewegungsablauf funktionierte nach dem jahrelangen Training wie ein Uhrwerk. Er schrie vor Schmerzen, als er unsanft aufkam. Sie setzte sich auf seinen Rücken und fixierte seinen Arm mit dem Knüppel. Er versuchte, sich herauszuwinden, aber sie zog den Hebel weiter an. Es knackte hörbar in seinem Schultergelenk. Er schrie wieder, aber leistete danach keinen Widerstand mehr. Mit der freien Hand zog sie ihr Smartphone aus der Tasche und wählte 110.

Verdammt, wie konnte das passieren? Seine Schulter schmerzte höllisch, keine Chance, sich von der Kampfamazone zu befreien. Da hatte er eine Idee. Vorsichtig hob er den Kopf etwas an, biss die Zähne in Erwartung des kommenden Schmerzes zusammen und schlug mit dem Gesicht kräftig auf den Boden.

»Wir haben jetzt zwei Anzeigen vorliegen.« Kriminalhauptkommissar Lothar Petersen stieß einen tiefen Seufzer aus und blickte in die gespannte Runde seines Teams. »Was ist bei der Anhörung von Sandra Schäfer herausgekommen?«, fragte er seine Kollegin Jutta Hansen.

»Sie hat ausgesagt, dass er hinter einem Baum mit einem Knüppel hervorgesprungen ist, um sie damit niederzuschlagen. Sie hat sich nur verteidigt. Weil sie Kampfsport betreibt und einen schwarzen Gürtel im Aikido hat, konnte sie den Angriff erfolgreich abwehren.«

»Und Andre Schneider, so heißt der angebliche Angreifer, sagt, er hätte nicht schlafen können, wollte sich die Beine vertreten, und wäre deshalb in den Park gegangen. Er hätte dann Harndrang verspürt, sich hinter einem Baum erleichtert, und als er wieder auf den Weg trat, wäre er fast mit Sandra Schäfer zusammengestoßen, die ihn dann sofort brutal angegriffen hätte. Ansonsten ist er ein vollkommen unbeschriebenes Blatt, ist ständig bundesweit als Vertreter für Schrauben unterwegs, und lebt in einem Dorf bei Frankfurt im Haus seiner Mutter. Er hat nicht einmal Punkte in Flensburg.«

»Frau Schäfer ist allerdings schon einmal wegen eines tätlichen Angriffs aufgefallen«, berichtete Lothar Petersen. »Damals hat man ihr geglaubt, dass sie vermeintlich aus Notwehr gehandelt hätte. Herrn Schneider hat sie jetzt aber ganz schön verletzt, die Schulter ist ausgerenkt und das Gesicht komplett aufgeschürft. Dann behauptet sie auch noch, er hätte sich die Verletzungen im Gesicht absichtlich zugefügt, als er schon am Boden lag.«

»Na typisch, ihr Männer gebt der Frau mal wieder keine Chance, lässt sie sich niederschlagen, ist sie ein Opfer in der Statistik, wehrt sie sich, ist sie die Täterin.« Jutta Hansen trat für Sandra Schäfer ein.

»Irgendwie stinkt das alles zum Himmel.« Lothar Petersen verdrehte die Augen. »Welche Geschichte sollen wir jetzt glauben? Verwertbare Beweise gibt es nicht.« Keiner wusste eine Antwort. »Sie können erst einmal beide gehen, wir wissen ja, wo wir sie für weitere Aussagen finden. Feierabend für heute.«

Niemand ahnte die mörderischen Gedanken des unauffälligen Mannes, der auf der Parkbank saß. Nie, aber auch nie hätte er mit Konkurrenz gerechnet. Er dachte, er wäre der einzige Jäger in seinem Metier. Tagelang hatte er den Mann und die Frau im Stadtpark beobachtet und konnte sich nicht entscheiden, wer von beiden sein nächstes Opfer werden sollte. Und dann beobachtete er fassungslos den stümperhaften Angriff. Der Mann war offenbar ein Jäger, wie er es war, aber was für ein Dilettant! Er hatte beide am Vortage verfolgt und wusste deshalb, dass er ihn in einem kleinen Hotel in einer nahen Nebenstraße finden würde.

Gleich heute Abend würde er zuschlagen. Ihm war der perfekte Plan eingefallen. Sein Konkurrent musste weg, aber die kämpferische Frau wollte er auch bestrafen. Dazu hatte er Chloroform eingesteckt, außerdem Zubehör für Fesselspiele und noch ein Taschentuch, das die Frau verloren und er als Trophäe aufgehoben hatte. So konnte er die Polizei gleich mit der Nase auf die vermeintliche Täterin stoßen, nachdem er den Dilettanten betäubt und verschnürt hatte. Je mehr dieser zappeln würde, desto knapper würde seine Luft werden. Er grinste voller Vorfreude, als er sich unbemerkt an der Rezeption vorbei schlich.

Andre Schneider lag erschöpft auf seinem Hotelbett. Es war ein langer Tag gewesen, erst im Krankenhaus und dann auf dem Polizeirevier. Seine Schulter und der rechte Arm waren mit einer Schienenkonstruktion fixiert, er konnte sich kaum richtig bewegen. Auch wenn ihm alles wehtat, fühlte er eine abgrundtiefe Erleichterung, dass er doch noch so gut aus der Sache herausgekommen war. Er musste zwar eine Jagdpause einlegen, aber nach der unfreiwilligen Schonzeit konnte er woanders weitermachen. Es klopfte.

»Herr Schneider, hier ist noch einmal die Polizei, wir haben noch eine Frage.« Stöhnend erhob er sich und öffnete die Tür. Bevor er etwas sagen konnte, drückte ein Mann ihm ein scharf riechendes Tuch vor das Gesicht.

»Schöne Grüße vom Meisterjäger«, war das Letzte, was er hörte.

Stephanie Fleischer

Sibyllinische Gabe

Katzen hassen Hunde, aber lieben Mäuse. Ich hasste Katzen und Mäuse, aber liebte Hunde. Was bekam ich? Ein Zwergkaninchen. Das war das größte Zugeständnis an das Tierreich, das eine Mietwohnung in den 70er Jahren zuließ. Hunde besaßen meine Großeltern, Eigentümer eines Hauses mit Garten.

Das Grundstück bewachte der Hund, der seine Loyalität jeden Tag unter Beweis stellte, indem er alle Besucher anfletschte, Familienmitglieder inbegriffen. Mein Onkel verstand da keinen Spaß und hätte dem Tier am liebsten das Genick gebrochen, aber der Onkel war auch immer schon ein Brutalikus gewesen. Die Liebe meiner Oma zum Hund und ihr gefülltes Bankkonto ließen meinen Onkel von der Umsetzung seines innigsten Wunsches Abstand nehmen.

Solange mein Opa noch lebte, war auch er von dem instinktgeleiteten Betragen des Haus- und Hofhundes nicht ausgenommen. Hin und wieder biss er meinen Opa in die Wade, denn er, der Hund, war schließlich der Herr meiner Oma. Sie war es, die ihm zu jeder erdenklichen Tageszeit Leckerlis reichte. Der Hund war nicht gewillt, des Feierabends einen Nebenbuhler im Haus zu dulden.

In den Ferien ging der Hund mit mir Gassi. Er zog an der Leine, sodass ich im Schweinsgalopp hinterher flog, um das arme Tier nicht zu strangulieren. Die Passanten schüttelten die Köpfe, wenn wir zwei des Wegs entlang rasten. So gesehen hatte ich es mit meinem Kaninchen gut getroffen. Das zog, kratzte und biss nicht. Es saß brav in seinem Käfig und mümmelte den Salat oder das Trockenfutter, das Ich Ihm hinstellte.

Allerdings war das Kaninchen eben auch kein Wachhund, und dieser Nachteil wurde auf einen Schlag offenkundig, als wir von der Mietwohnung in ein Mietshaus zogen. Das Haus gehörte uns zwar nicht, wohl aber der Komfort, der mit einem solchen Anwesen verbunden ist. In der Hitze einer Sommernacht saßen wir bei geöffneten Terrassentüren im Wohnzimmer und legten die Füße hoch. Niemand schlug zu unserer Warnung an. Zum Glück bewahrte uns eine Art sibyllinische Eingebung gepaart mit einer umsichtigen Handlungsweise vor dem Allerschlimmsten. Unter unseren Beinen flitzte einem Überfallkommando ähnlich eine Kompanie Mäuse über den Teppich. Da sich die Füße bereits in Sicherheit befanden, als ich der Nager ansichtig wurde, konnte ich mich auf das Kreischen beschränken. Dies war der Zeitpunkt, als ich meine Vorliebe für Katzen entdeckte.

Andreas Ballnus

Blockmusik

Angefangen hat alles mit Sinan. Er selber sieht das allerdings nicht so. Seiner Meinung nach hätten wir all das, was in letzter Zeit passiert ist, Ludger zu verdanken. Er, also Sinan, hätte nur auf Ludger, oder besser gesagt, auf dessen Musik reagiert.

Ludger liebt nämlich Akkordeon-Musik – vor allem Polkas – was ja zunächst auch nicht weiter schlimm ist. Soll doch jeder nach seiner Fasson glücklich werden. Das Problem bestand damals eher darin, dass er seine Musik gerne sehr laut hörte. Auch, wenn er im Sommer auf seinem Balkon saß oder abends die Fenster weit offen hatte, stellte er die Musik nicht leiser. So beschallte er manchmal stundenlang die gesamte Nachbarschaft.

An dieser Stelle sollte ich vielleicht kurz beschreiben, wie meine Wohnsituation ist: Ich lebe in einem vierstöckigen Mehrfamilienhaus mit insgesamt drei Eingängen. Pro Eingang und Etage gibt es jeweils zwei Wohnungen. Jede von ihnen hat einen eigenen Balkon zur Rückseite des Hauses. Bei den Wohnungen handelt es sich um Eigentumswohnungen. In den meisten von ihnen leben auch die Besitzer. Einige sind aber auch vermietet worden. Insgesamt gibt es vier solcher Häuser, die alle in den Neunzehnhundertdreißiger Jahren gebaut wurden. Sie bilden ein fast geschlossenes Quadrat. Dadurch entsteht ein kleiner Innenhof, welcher zum Teil mit Blumenbeeten und Büschen bepflanzt ist. Den größten Teil aber bedeckt eine Rasenfläche, auf der zwei Birken stehen. Auch eine alte, schon leicht verwitterte Teppichklopfstange fristet am Rande dieser Fläche ihr Dasein.

Früher sollen sich die Bewohner des gesamten Blocks oft im Hof getroffen haben. Man saß zusammen auf mitgebrachten Stühlen und den Bänken, die es damals noch gab, klönte und unterstützte sich gegenseitig mit Rat und Tat. Hin und wieder trank man auch gemeinsam Kaffee und aß selbst gebackenen Kuchen. Währenddessen tollten die Kinder auf dem Rasen herum. Das zumindest hat uns der alte Herr Abel schon mehrfach erzählt.

»Die Bäume waren damals aber andere! Und im Krieg hat man hier Kartoffeln gepflanzt. Das hat man mir jedenfalls so berichtet«, pflegt er dann immer noch hinzuzufügen. Er wohnt schon seit dreiundfünfzig Jahren in unserem Haus. Seine Frau ist vor vier Jahren gestorben und die beiden Söhne sind längst weggezogen. Sie leben mit ihren Familien außerhalb der Stadt. Aber ich sehe sie regelmäßig ihren Vater besuchen.

Heute gibt es nur noch wenige Kinder, die hier wohnen. Und nur selten verirrt sich eines von ihnen zum Spielen in den Innenhof. Auch die anderen Bewohner der Häuser lassen sich dort kaum sehen. Meistens ist er menschenleer, und statt spielender Kinder hört man aus den Büschen und Bäumen den Gesang der Vögel.

Dieser Gesang wurde aber bis vor einiger Zeit regelmäßig von Ludgers Musik übertönt. Bis heute frage ich mich, warum sich in all den Jahren nie jemand darüber beschwert hat. Ich bin mir sicher, dass viele Nachbarn von Ludger genervt waren. Doch sie hatten wahrscheinlich auch gleichzeitig Angst vor ihm. Ludger ist nämlich ein Hüne von Mann, Anfang vierzig, übergewichtig und am ganzen Körper tätowiert. Polka und Akkordeon als Lieblingsmusik passen eigentlich gar nicht zu jemandem wie ihm. Ob und was er arbeitet, weiß niemand. Auf jeden Fall hat er viel Zeit. Meistens sitzt er im Frühjahr und Sommer ab mittags bei Zigarette, Bier und Polka auf seinem Balkon. Noch vor wenigen Wochen begann er dann im Laufe des Nachmittags oft bis in den späten Abend hinein seine Musik zu hören.

Das änderte sich, kurz nachdem Sinan in das Haus rechts von Ludger eingezogen war. Schon bald stellte sich heraus, dass Sinan ein Mensch ist, der Dinge, die aus seiner Sicht geändert werden müssen, sofort anpackt und nicht lange vor sich her schiebt. Gleich im Frühjahr nach seinem Zuzug hatte er mehrfach vom Balkon aus Ludger zugerufen, dass dieser doch bitte die Musik leiser stellen solle. Doch Ludger hatte nie darauf reagiert. Sinan sah sich die Sache noch eine kurze Zeit lang an. Dann, eines Nachmittags – die Akkordeons dröhnten bereits seit zwei Stunden – beobachtete ich, wie er zwei große Lautsprecherboxen auf seinen Balkon wuchtete. Als dann für einen Moment die Musik aus Ludgers Wohnung verstummte und dieser aufgestanden war, wohl um eine neue CD einzulegen, ergriff Sinan ein Mikrofon, das er bereitgelegt hatte, und machte eine kurze Ansage:

»Liebe Nachbarn, ich bitte um Ihre Aufmerksamkeit! Um ein wenig Abwechslung in das tägliche Musikprogramm zu bringen, erlaube ich mir, Ihnen nun einmal etwas anderes vorzuspielen. Ich wünsche gute Unterhaltung.«

Gleich darauf hallte ein sanfter Blues durch den Innenhof. In Kürze legte sich eine melancholische Stimmung über unsere Häuser. An etlichen Fenstern wurden die Gardinen zur Seite gezogen. Andere Nachbarn betraten neugierig und verwundert dreinblickend ihren Balkon. Während einige sofort wieder kopfschüttelnd in ihrer Wohnung verschwanden, holten andere Stühle nach draußen und machten es sich bequem, um der Musik weiter zu lauschen.

Derweil war Ludger wohl zu überrascht, um in irgendeiner Art und Weise zu reagieren. Er stand mit in den Hüften gestemmten Händen auf seinem Balkon und starrte zu Sinan hinüber. Erst nach einer Weile bemerkte er die übrigen Nachbarn an ihren Fenstern und auf den Balkonen. Ich glaube, den Hauch eines Grinsens in seinem Gesicht gesehen zu haben, als er wieder Platz nahm und sich eine Flasche Bier öffnete. An diesem Nachmittag erklang keine weitere Akkordeonmusik mehr.

Doch gleich am nächsten Tag trat Ludger wieder in Aktion. Bereits kurz nach fünfzehn Uhr dröhnten die uns so vertrauten Weisen aus seiner Wohnung. Als Sinan einige Zeit später von der Arbeit nach Hause kam, ging das Spiel von Neuem los. Sobald Ludger eine neue CD einwerfen wollte, löste der Blues die Polka ab. Diesmal gab Ludger aber nicht so schnell klein bei, sondern wartete, bis Sinan die CD wechseln musste, um dann erneut seine Musik aufzulegen. Den restlichen Nachmittag und Abend über hatten wir dann das zweifelhafte Vergnügen, abwechselnd Polka und Blues zu hören.

Auch hier bin ich im Nachhinein darüber verwundert, dass sich damals niemand lauthals beschwert oder gar die Polizei gerufen hat. Und so entwickelte sich in den nächsten Tagen ein regelrechter Wettkampf zwischen Polka und Blues. Nach etwa einer Woche – Sinan hatte gerade Muddy Waters aufgelegt – hörte man dann doch plötzlich laute Schreie über den Innenhof schallen. Sie gehörten zu dem jungen Mann, der im dritten Stock des Hauses schräg gegenüber von Ludger wohnte.

»Ihr spinnt ja wohl alle!«, brüllte er von seinem Balkon herunter. »Wie lange soll das denn noch so weitergehen? Ihr habt ja echt nicht mehr alle Tassen im Schrank!«

Krachend schloss er die Balkontür. Aber kurz darauf wurde sie wieder geöffnet und harter Techno-Beat übertönte die sanften Klänge von Muddy Waters. Von dem Tag an bestand unser unfreiwilliges Nachmittagsmusikprogramm häufig aus drei verschiedenen Musikstilen, die anfangs auch zum Teil zeitgleich zu hören waren. Dieses *Programm* entwickelte sich aber immer weiter dahingehend, dass stets abgewartet wurde, bis sich eine Lücke ergab, um erst dann einen Wechsel vorzunehmen. Es war, als hätte es eine unausgesprochene Absprache zwischen den drei Kontrahenten gegeben.

»Mein Gott, dieser Krach ist einfach nur noch unerträglich!«, stöhnte Frau Sanders, als ich sie einige Wochen später im Treppenhaus traf. Frau Sanders war seit Kurzem im Ruhestand. Vorher hatte sie oft in der Spät- oder Nachtschicht gearbeitet und daher nicht so viel von Ludgers Polka-Terror mitbekommen. »Das ist doch keine Musik, das ist doch nur noch Krach! Die müsste man alle anzeigen und aus der Wohnung werfen«, ereiferte sie sich weiter.

»Na ja, jemanden aus seiner Eigentumswohnung zu schmeißen, dürfte schwierig werden. Aber zeigen Sie denen doch mal, was richtige Musik ist«, entgegnete ich grinsend und erntete dafür ein paar giftige Blicke von ihr.

»Ja, machen Sie sich ruhig lustig über mich!«, zischte sie mir zu und verschwand ohne ein weiteres Wort in ihrer Wohnung.

Nachdenklich ging ich weiter. Irgendwie konnte ich Frau Sanders ja verstehen. Auch mich nervte diese Beschallung hin und wieder – aber eben nicht so sehr, dass ich meinte, etwas dagegen unternehmen zu müssen. Vielmehr beobachtete ich diesen merkwürdigen Wettkampf mit einer gewissen Belustigung. Doch was auf keinen Fall passieren sollte, wäre ein Zerwürfnis zwischen uns übrigen Nachbarn wegen dieser Sache. Mit Frau Sanders war ich bisher immer sehr gut ausgekommen. Wir hatten uns um die Blumen und den Briefkasten des jeweils anderen gekümmert, wenn dieser im Urlaub war, und uns ab und zu auch mal auf einen Kaffee zusammengesetzt. Nun waren Frau Sanders und ich erstmals ein wenig aneinandergeraten.

Am darauffolgenden Samstagmorgen wurde ich durch ungewohnte Klänge aus dem Schlaf gerissen. Es war gegen acht Uhr dreißig. Samstags schlafe ich gewöhnlich bis halb zehn oder zehn, und so war ich leicht angesäuert über diese frühe Störung. Nur langsam gelang es mir, die Klänge als klassische Musik zu identifizieren, die durch mein Schlafzimmerfenster vom Innenhof zu mir ans Bett drangen. Schlaftrunken watschelte ich zum Fenster, um den Urheber dieser Störung ausfindig zu machen. Doch die Balkone waren leer, an den Fenstern war niemand zu sehen und auf dem Innenhof tat sich auch nichts. Ich tapste auf meinen Balkon und schaute nach unten. Dort, schräg unter mir entdeckte ich dann Frau Sanders, die mir verschmitzt grinsend zuwinkte und einen guten Morgen wünschte.

Der Rest ist relativ schnell erzählt: Immer mehr Nachbarn begannen damit, den Innenhof mit ihrer Musik zu beschallen. Das ging so weit, dass Sinan irgendwann ein Treffen organisierte, auf dem man sich über Spielzeiten, Ruhepausen und Reihenfolgen einigte. Seitdem wird bei uns nur noch freitags und alle vierzehn Tage auch samstags der Innenhof bespielt.

An den übrigen Tagen bleibt es weitgehend still. Selbst Ludger hält sich meistens zurück. Manchmal bekommt er aber doch noch einen Rappel und lässt der Polka ihren freien Lauf. Doch das ist kein Vergleich zu früher und wird von uns in gewohnter Manier erduldet.

Vorgestern sah ich übrigens die siebenjährige Enkelin von Herrn Abel im Innenhof zu der Musik tanzen. Irgendwann gesellten sich ihre Mutter und ihr Vater dazu. Gegen Abend hatte sich das Ganze zu einer kleinen, spontanen Tanzveranstaltung entwickelt, an der sich etwa zwanzig bis dreißig Nachbarn beteiligten. Ich möchte mir jetzt nicht ausmalen, wohin das demnächst führen wird …

Barthold Olbers

W - Das Fest der Waldelfen

Es war einmal ein junger, strebsamer Tischler in einer deutschen Kleinstadt. Er wäre gern berühmt gewesen, aber zum Berühmtwerden braucht es seine Zeit. Und man braucht vor allem eine besondere Begabung, viel Fleiß und viel Glück. Er ist sogar nach Italien gefahren, um sich dort Anregungen für Schnitzereien und Verzierungen zu holen.

Wenn die Kunden mit seiner Arbeit besonders zufrieden waren, zahlten sie nicht nur das vereinbarte Honorar, sondern sie überreichten ihm zum Dank außerdem kleine Geschenke, zum Beispiel eine Flasche Wein oder Obst aus dem Garten. Ein Kunde, den er in dessen Haus aufgesucht hatte, sagte: »Nimm als meinen besonderen Dank diese Zweige und pflanze sie sofort an der Südseite des Hauses ein.«

Der Tischler bedankt sich und geht nach Hause. Auf dem Heimweg sieht er sich die Zweige genauer an. Es sind dünne grüne Zweige mit Wurzeln daran. Die Zweige werden irgendeinem Busch gehören. Und Büsche gibt es eigentlich reichlich in der Gegend. Schließlich denkt er, dass er sich nicht die Mühe geben will, sich mit diesen Zweigen zu beschäftigen. Er wirft sie ins Gebüsch an seinem Wege und geht weiter. Aber die Zweige gehen ihm nicht aus dem Kopf. Irgendetwas muss der Kunde sich doch dabei gedacht haben, dass er ihm diese Zweige als Geschenk mitgibt. Schließlich geht der Tischler wieder zurück zu dem Gebüsch, nimmt die Zweige an sich und pflanzt sie an die Südseite des Hauses, in dem er wohnt.

Die Zweige vergisst er allerdings bald wieder. Am Nikolaustag sieht er an den Zweigen kleine gelbe Blütenknospen. Und zu Weihnachten ist er sehr überrascht und erfreut darüber, dass die Zweige viele leuchtend gelbe Blüten tragen!

Sie sehen so ähnlich aus wie die Blüten von Forsythien. Denn es sind Zweige vom *Winterjasmin.*

Von da an bittet er alle Kunden, die mit ihm besonders zufrieden sind, einen Zweig, einen Ableger, eine Zwiebel, eine Knolle oder Samen von ihren schönsten Blumen und Sträuchern mitzubringen. So bekommt er allmählich in dem Garten vor dem Hause eine Sammlung der prächtigsten Blumen, die es in der Stadt und in der Umgebung gibt. Immer öfter bleiben Spaziergänger voll Bewunderung vor dem Garten stehen. Und man spricht von ihm, dem Tischler, der die schönsten Möbel macht, und der zum Dank die prächtigsten Blumen geschenkt bekommt. Seine Geschäfte laufen immer besser. Nach einigen Jahren kann er ein verwildertes Grundstück am Rande des Waldes kaufen. Die Kinder nennen diesen Ort *Elfentanzplatz.* Und er baut darauf sein eigenes Haus und pflanzt alle seine Blumen und Sträucher in seinen neuen Garten. Da er selbst Tischler ist, kommt der Bau gut voran.

An einem warmen Frühlingsnachmittag ist sein Haus endlich fertig. Er sitzt auf seiner Gartenbank, ist zufrieden mit sich und der Welt und sieht mit Stolz die Blumen in seinem Garten. Er lauscht den zwitschernden Vögeln und hört das Summen der Insekten. Da ist es ihm, als würde er leise Musik aus dem nahen Walde hören. Bald darauf tritt eine Gruppe von Elfen in seinen Garten. Sie sind Männer und Frauen, sind bunt bekleidet und gar nicht so, wie es zu der Zeit Mode ist. Sie musizieren mit Flöten, Geigen und anderen Instrumenten. Und sie singen und tanzen dazu. Schließlich setzt sich die hübscheste von den Frauen neben ihn, umarmt ihn und bittet ihn, mitzutanzen.

Obwohl er noch nie getanzt hat, reiht er sich ein und lässt sich von den Elfen zum Tanz mitreißen. Er ist von dem Geschehen berauscht. Träumt er das alles nur? Er will es gar nicht genau wissen, aus Angst, dieser schöne Traum könnte wie eine Seifenblase zerplatzen.

Da fällt ihm auf, dass seine Gäste fast alle stehen. Darum holt er einige Klappstühle aus dem Haus und bietet den Elfen an, sich zu setzen. Die Elfen fragen ihn, ob sie von seinem Wein trinken dürfen. Er ist erfreut darüber, dass er ihnen diesen Gefallen tun kann, geht in den Vorratsraum und holt einige Flaschen Wein und einige Gläser für seine Gäste.

Nach einer Weile, als es schon dämmerig wird, fragen die Elfen, ob er ihnen Öl für ihre Laternen abgeben kann, und vielleicht noch ein paar Laternen dazu. Auch das kann er. Es ist ein lustiger Anblick, wie die Elfen mit den bunt leuchtenden Laternen durch den Garten tanzen.

Schließlich lassen die Elfen ihre Musik verstummen und hören auf, zu tanzen. Eine Elfe setzt sich zu ihm auf die Gartenbank und umarmt ihn und sagt: »Wir haben bisher jedes Jahr hier gefeiert. Und jetzt ist hier der schönste Garten der ganzen Stadt. Wir möchten auch in den nächsten Jahren hier wieder feiern wie bisher. Dürfen wir wiederkommen?«

Hoch erfreut sagt der Tischler zu! Aber werden die Elfen wirklich wiederkommen?

Am nächsten Morgen wacht er in seinem Bett auf und denkt noch einmal an alles, was er letzten Abend erlebt hat. War es vielleicht nur ein schöner Traum? Kann man das so genau wissen? Schließlich hat er eine Idee. Er geht zu seinem Vorratsraum und sieht nach, ob noch alles so ist wie in den letzten Tagen. Tatsächlich: Die meisten Weinflaschen sind aufgebraucht. Und es ist weniger Öl da als einen Tag zuvor. Und es fehlen zwei Klappstühle und zwei Öllaternen. Da ist er glücklich! Denn nun weiß er es ganz genau: Die Elfen haben wirklich bei ihm gefeiert!

Das war das Märchen vom Fest der Waldelfen. Und wenn du magst, erzähle ich dir das nächste Mal eine andere Geschichte.

Alexander West

Der 8. Sinn

Aus der Luft betrachtet wirkt der Flughafen Berlin-Tegel so herrlich provinziell. Er besitzt jeweils eine Lande- und eine Startbahn, die durch mehrere endlos geteerte Schleifen miteinander verbunden sind, damit ein Flugzeug sich wirklich niemals darin verirrt. Das querstehende Flughafengebäude mit dem Verwaltungstrakt schließt sich an ein sechseckiges Ankunfts- und Abfertigungsterminal an. Entfernt erinnert diese Konstruktion an den griechischen Buchstaben Omega. Omega wird verwendet, um ein Ende zu verdeutlichen und somit das Gegenteil vom Anfang ...

Schon bevor Tegel erbaut wurde, gab es in Berlin bereits einen anderen Flughafen und mit der bevorstehenden Schließung von Tegel entsteht gerade wieder ein neuer Flughafen im Süden der Hauptstadt ... endlos.

Eine spannende Geschichte verbirgt sich hinter diesem besonderen Ort: einst das Jagdgebiet des Kaisers, dann ein Artillerie-Schießplatz, um 1906 experimentierte man mit Luftschiffen, dann mit Raketen und irgendwann landeten die Amerikaner mit einer Douglas C-54 auf dem nun offiziell eingeweihten Flugplatz. In den Siebzigerjahren zogen die meisten Fluggesellschaften von Tempelhof in das neu erbaute Tegel um. Der Charme dieses verrückten Jahrzehnts mit seinen leuchtend roten Sitzschalen und der reduzierten Architektur weht bis heute durch die Hallen des Flughafens. Die meisten Berliner lieben ihren Flughafen mitten in der Stadt. Die unmittelbaren Anwohner allerdings nicht. Denn trotz seiner eher unscheinbaren Größe fertigt dieser Flughafen fast zwanzig Millionen Passagiere im Jahr ab und ist damit der viertgrößte in Deutschland ...

Tom Wenger verrichtete bereits seit sechs Jahren auf dem Flughafen Tegel seinen Dienst. Heute war er mit seinem Partner für die Flughafenstreife eingeteilt. Sie drehten bereits ihre zweite Runde, eine mit dem Uhrzeigersinn und eine gegen, als ihn sein Partner anstieß.

»Guck mal, die Dunkelhaarige dort hinten. Sie wartet wohl auf jemanden ...«

Tom blickte in die Richtung, in die sein Kollege zeigte.

Die Frau stand am Gate Nummer 7 und wartete auf die Maschine aus Frankfurt.

Sie war knapp 1,70 Meter groß, schlank und hatte dunkle, lange Haare. Ihre großen braunen Augen schienen direkt durch alle hindurch zu blicken. Frauen würdigten sie keines Blickes und die Männer lächelten sie im Vorbeigehen an. Das Geschehen schien sie allerdings nicht im Geringsten zu interessieren. Sie stand da und blickte gebannt auf den Ausgang vom Gate.

»Hör mal, bei der nächsten Runde, wenn sie immer noch allein da steht, dann spreche ich sie an. Wir drehen jetzt 'ne schnelle Runde - vielleicht hab ich ja Glück?« Tom grinste.

»Nee, du traust dich sowieso nicht, sie anzusprechen. Ich glaub, das ist eine Nummer zu groß für dich«, erwiderte sein Partner und drehte sich weg.

»Weißt du, die Hoffnung stirbt ja immer zuletzt.«

Sie legten bei dieser Runde einen Schritt zu. Freundlich grüßen, lächeln ging auch noch bei der zweiten Runde, obwohl man schon alle gesehen hatte: Beim Brezelstand gab es manchmal einen Kaffee umsonst, die Tussi von Air France blickte immer noch so grimmig in ihrem Verschlag, die Kreditkartenfänger wollten ihnen auch in dieser Runde wieder die Goldene Express andrehen und der Mann vom ADAC-Stand glänzte durch seine Abwesenheit – wie jeden Tag um diese Zeit.

Die Frau stand immer noch auf ihrem Platz. Die Tür des Ausgangs öffnete sich und die ersten Passagiere strömten heraus. Geschäftig eilten sie zum Ausgang, um endlich wieder frische Luft zu schnappen. Die Gesichtszüge der Frau spannten sich an und ihr schönes Gesicht blickte voller Hoffnung. Die Tür spuckte einen neuen Schwung Passagiere aus. Sie schaute gebannt zum Ausgang und leichte Enttäuschung machte sich auf ihrem Gesicht bemerkbar.

‚Das ist meine Chance', dachte sich Tom, nahm seinen ganzen Mut zusammen und steuerte von der Seite auf die junge Frau zu. Als er noch ungefähr drei Meter von ihr entfernt war, machte die Unbekannte plötzlich einen unsicheren Schritt nach vorn. Tom blickte in Richtung Ausgang und konnte seine Enttäuschung kaum verbergen. Dort standen zwei Männer. Ihre Gesichter waren sonnengebräunt. Einer der beiden war über zwei Meter groß und sehr kräftig, der andere war etwas kleiner, aber auch unter seiner Jacke spannten sich Muskeln. Sie trugen Bärte, waren lässig gekleidet und strahlten eine unglaubliche Ruhe aus, die irgendwie bedrohlich wirkte. Der Riese schob einen Trolley mit einem großen Stapel Gepäck vor sich her. Der andere trug seine rechte Hand verbunden in einer Schlaufe.

Die unbekannte Schöne ging, ohne auf das Durcheinander um sie herum zu achten, direkt auf den kleineren der beiden zu. Sie umarmten und küssten sich innig. Tom wandte sich ab und stieß direkt mit einem Chinesen zusammen, der sofort die Gelegenheit nutzte, um ihn nach dem Weg zum Gate B 27 zu fragen. Li war ein Geschäftsmann und oft in Europa unterwegs. Paris, London, Madrid – überall das Gleiche. Sicherheitskontrollen, übermüdete Reisende, gestresstes Personal, schlecht ausgeschilderte Wege.

Als der Chinese weg war, blickte Tom noch einmal zur Seite.
Die beiden standen immer noch eng umschlungen vor dem Ausgang und er streichelte ihr zärtlich über den Kopf. Schließlich löste sie sich von ihm und wirkte sehr erleichtert und glücklich. Dann umarmte sie den Riesen. Unsichtbare Bande schienen diese drei Menschen miteinander zu verbinden ...

Tom beobachtete jeden Tag am Flughafen neue Geschichten – Menschen und ihre Schicksale. Freude, Tränen, Abschiede, Blumen und Streit. Jeden Tag und jede Woche dasselbe und doch irgendwie faszinierend. Verschiedene Menschen, Nationen, Hautfarben – doch sie alle zeigten die gleichen Gefühle der Freude und Trauer.

Deswegen mochte Tom die Flughafenstreife. Sie dauerte zwei Stunden und anschließend hatten sie eine Stunde frei, dann wieder zwei Stunden Dienst und wieder eine Stunde frei. Der Tag eines Beamten bestand aus acht Stunden und zwölf Minuten Arbeitszeit und das Jahr aus zweihundertundvierzehn Arbeitstagen plus drei Sonderurlaubstage für den Nachtdienst. Die Innenrunde im Flughafengebäude dauerte fünfzehn Minuten, und wenn man sie gut einteilte, dann sogar eine Dreiviertelstunde. Und wenn sie viel Glück hatten auf ihrem Weg durch das Flughafengebäude, dann fanden sie ein herrenloses Gepäckstück. Dann vergingen schon mal drei Stunden wie im Flug. Absperren, Durchsuchen und alle anderen erforderlichen Maßnahmen, vor denen die endlosen Ansagen in allen Sprachen der Welt am Flughafen warnten.

Wenn sie Pech hatten, dann konnte solch ein herrenloser Koffer einen verdächtigen Inhalt haben. Es bedeutete für die Beamten viel Schreibarbeit: Vermerke und so weiter.

»Na ja, was soll's, muss ich mir halt 'ne andere Frau suchen. Die hier war wirklich vergeben und mit den beiden Typen will ich mich, ehrlich gesagt, nicht anlegen.«

Tom war enttäuscht.

»Ich glaube, du hast die Wette verloren«, meldete sich sein Partner und grinste.

»Für die nächste Runde können wir uns jetzt Zeit lassen ... und übrigens, meinen Kaffee trinke ich mit Milch, viel Milch.«

Insgeheim beneidete Tom seinen Partner um dessen Familie. Er hatte zwei Kinder, war verheiratet und seit Kurzem Besitzer eines gemütlichen Reihenhäuschens in der Nähe des neuen Flughafens. Sein Leben war geordnet, seine Frau schmierte ihm Brote zum Frühstück, sie schrieben sich kleine Briefe und er war bestimmt sehr glücklich.

Der Partner bemerkte, wie Tom grübelte.

»Ach komm, du hast es wenigstens versucht.«

Toms Kollege hatte früh geheiratet, als seine Frau schwanger wurde, und manchmal ertappte er sich dabei, wie er im Sommer fremden Frauen hinterherschaute. Sein Leben als Single war nur von kurzer Dauer – nicht, dass er nicht gern verheiratet war. Aber die Storys von wilden Partys, Singlereisen und die Frauengeschichten von Tom hatten ihren Reiz. Vielleicht hatte er doch zu früh geheiratet und jetzt war es vorbei in seinem Leben? Konnte man solche Dinge je wieder nachholen oder gehörte er der aussterbenden Spezies der Verheirateten an? Die ganze Welt schien plötzlich nur noch aus Singles zu bestehen, es wollte keiner mehr heiraten.

Ein Computer, der nur mühsam die gigantische Datenmenge bewältigte. Ein Apfel für die Pause und ein schwarzer Kaffee in einem Pappbecher. Ein paar Krümel von einem Frühstücksbrötchen. Sina hängte gerade die Plakate mit den neuen Angeboten an der Wand hinter ihr auf: All inclusive an der spanischen Küste, dem neuen Lieblingsort der Vergnügungssüchtigen. Hier versuchten die Reiseveranstalter, sich gegenseitig zu überbieten. Im Frühjahr auf das spanische Festland, später weiter nach Ibiza und Mallorca, im Winter für die Rentner in die Türkei. Jedes Jahr das gleiche. Die Kunden wollen umsorgt werden, essen, trinken, Spitzenhotel, noch dazu alles schnell, viel, billig ...

Sie sah die beiden Beamten auf ihren Stand zuschlendern. Der jüngere der beiden hatte schon einmal bei ihr eine Reise nach Ibiza gebucht. Braungebrannt und erschöpft von der Woche, erzählte er ihr später von den Schaumpartys und den Endlosbeats im Nobelklub *Pacha*. Sie beneidete ihn in diesem Moment, zu gerne hätte sie das Gleiche erlebt, doch ihre Schwester hatte die Schule geschmissen und ihre Mutter hatte schon genug mit ihrem kleineren Bruder zu tun. Da blieb nicht viel übrig von ihrem Gehalt, denn sie versuchte nach Kräften, ihre Mutter zu unterstützen, nachdem ihr Vater sie wegen einer anderen verlassen hatte. Sechs Tage die Woche arbeiten und am Wochenende ausgehen und tanzen bis in die frühen Morgenstunden, um den stumpfen Alltag zu vergessen.

»Na, schöne Frau, was können Sie mir empfehlen?«

Es war der Jüngere, der sie ansprach. Er war immer ordentlich angezogen und seine Hemden waren immer akkurat gebügelt. Da er sich stets für die Singlereisen interessierte, ließ er seine Uniform bestimmt reinigen. Der Ältere dagegen hatte schon einen kleinen Bauchansatz. Er trug einen zerkratzten Ehering und seine Hemden waren immer zerknittert. Über die Flecken an seiner Hose machte sie sich keine Gedanken und mochte auch nicht wissen, woher sie kamen.

»Na, hat die Staatsmacht heute wieder Ausgang?«

»Ich muss mal wieder entspannen, denn der Dienst hier geht ganz schön auf die Knochen«, sagte der Jüngere und sah ihr sehr direkt in die Augen. Verunsichert schaute Sina auf ihren Bildschirm.

»Wir haben Ägypten im Angebot. Sieben Tage, Flug, Hotel und ein Tauchkurs für fünfhundert Euro.«

»Ägypten? Da sind doch gerade Unruhen ausgebrochen?«

»In den Urlaubsgebieten ist es ruhig und das Auswärtige Amt hat seine Reisewarnung gerade zurückgenommen.«

Tom zögerte, bevor er weitersprach.

»Und wann machen Sie Urlaub?«

»Wenn ich Zeit habe.«

Ihre kecke Antwort gefiel ihm. Sie war sehr hübsch.

»Also, wenn Sie auch zufällig nach Ägypten fahren und vielleicht im gleichen Hotel sind ...«

Sie bemerkte, wie er langsam aus dem Konzept kam. Solche Männer verfolgten meistens nur ein Ziel ...

»Sie wissen ja, wo Sie mich finden, wenn Sie unbedingt verreisen möchten.«

Das Telefon unterbrach ihre Unterhaltung.

»Sie entschuldigen. Die Arbeit ruft.«

Die Sicherheitszentrale ist nach dem Tower die wichtigste Einrichtung eines Flughafens. Von hier aus werden alle Überwachungskameras gesteuert, alle Türen und Zugänge zum Flughafen überwacht. Alarme, Notrufe und Notfallmaßnahmen werden von hier aus koordiniert und gesteuert. Die Männer der Sicherheitszentrale arbeiteten täglich in drei Schichten. In seiner Schicht nannten ihn alle *das Auge*, denn er konnte gleichzeitig das Geschehen auf vier Monitoren verfolgen und einen Notruf annehmen. Nichts entging ihm. Seit zwanzig Jahren saß er in dieser Sicherheitszentrale. Zuerst hatten sie noch diese Fernseher, die eine enorme Hitze entwickelten und ständig ausfielen. Schneegriesel und laufende Balken. Da sieht man abends zu Hause keine Bilder mehr. Mittlerweile standen hier dreißig große Flachbildmonitore, die jeden Winkel dieses Flughafens zeigten.

Heute war er mit dem Spätdienst dran. Unter ihnen zog der Strom der Reisenden. Jede ihrer Bewegungen wurde von den Kameras festgehalten. Um die Mittagszeit war es noch relativ ruhig am Flughafen, erst gegen sechzehn Uhr wurde es wieder voller und gegen Abend kam dann der nächste große Schwung.

Sie wollten alle pünktlich zu Hause sein bei ihren Familien. Die Überwachung erfasste auch das innere Rondell des Flughafens. Die Busstation, einen Taxistand und Kurzzeitparkplätze. Die Polizisten schrieben unablässig Strafzettel, doch es schien niemanden sonderlich zu interessieren. Die Taxifahrer drängelten und waren nach stundenlanger Warterei froh, endlich einen Gast zu bekommen, den sie am liebsten bis nach Hamburg fahren wollten. Denn bei der Kurzstrecke gab es für sie nichts zu verdienen.

Hektik, Hupen, Drängeln – alle wollten sie auf einmal los ... immer das gleiche. Stunde um Stunde, jeden Tag, Jahr für Jahr. Mit dem Umzug des Flughafens sollte er endlich Schichtleiter werden, doch die scheinbar unendlichen Verzögerungen beim Flughafenneubau schoben seine Beförderung immer wieder hinaus. Sein alter Chef saß immer noch in seinem Büro und dachte überhaupt nicht daran, endlich in den wohlverdienten Ruhestand zu gehen. Er konnte mit der neuesten Überwachungstechnik überhaupt nichts mehr anfangen und delegierte gern alle Arbeiten an ihn weiter. Überhaupt hatte er das Gefühl, dass sein Chef nur noch zum Kaffeetrinken zur Arbeit kam, um somit vor seiner Frau zu flüchten. Doch so hilflos, wie er wirkte, war er nicht. Er wusste ganz genau, wie man Solitär auf dem Computer spielte und auch das Weiterleiten von E-Mails lernte er schnell.

Mit dem Umzug des Flughafens müssten neue Mitarbeiter eingestellt werden, denn das neue Gebäude war riesig und es müssen schließlich die europäischen Standards eingehalten werden. Denn man erwartete am neuen Flughafen fast dreißig Millionen Passagiere pro Jahr. Da gab es eine Menge Arbeit für alle, sollte dieses *Projekt* tatsächlich einmal fertiggestellt werden.

Er ließ seine Gedanken fließen: ,Was passiert, wenn auch dieser Flughafen irgendwann zu klein wird? Nimmt es nie ein Ende, muss sich denn ständig alles verändern? Oder entwickeln wir uns so schnell, dass das, was wir heute planen, morgen schon der Vergangenheit angehört? Wie war das früher, als es keine Kameras gab? Es standen bestimmt überall Wachmänner und beobachteten die Reisenden. Eigentlich nichts anderes als heute, nur dass ich vor dem Bildschirm sitze und mir die Menschen da draußen über große Monitore anschaue. Ich kann sie mir näher heranzoomen, ich kann sie verfolgen, ohne dass sie es merken. Ich sehe, wie sie essen, trinken, was sie lesen. Nur hören kann ich sie nicht, aber ihre Lippen verraten mir, dass sie sprechen. Irgendwann wird es möglich sein, über die Kameras an der Decke auch die Gespräche der Menschen zu belauschen. Schließlich müssen wir auch wissen, worüber sie sprechen, denn sie können in die Kamera lächeln und sich trotzdem zu einem Mord verabreden. Vielleicht wird es eines Tages auch eine Lippenerkennung geben, die bestimmte Worte aus der Bewegung der Lippen ablesen kann und dann Alarm schlägt?'

Er blickte sich um. Zehn Männer und hundertzwanzig Kameras. Irgendwann würde hier nur noch einer sitzen und zehn Computer überwachen, die wiederum zehntausend Kameras kontrollierten.
Er seufzte und blickte auf seinen Monitor. Die Luftsicherheitsstreife hielt gerade einen Plausch am Last-Minute-Stand. Das Gate Nummer 7 spuckte noch immer Reisende aus Frankfurt aus. Um sie herum zogen weitere Passagiere ihre Koffer zu den Abfertigungsschaltern.
,Ein Tag wie jeder andere am Flughafen, doch wenn dieser Tag nur der Anfang von allem ist – wann ist das Ende?! Gibt es diesen Tag wieder und wieder in zehn, zwanzig, in hundert Jahren?'
Er ärgerte sich selbst über diese endlose Fragerei in seinem Kopf, die ihn immer wieder überfiel. Gedankenverloren blickte er auf das Blatt Papier vor sich. Er hatte, ganz ohne es zu bemerken, immer das

gleiche Motiv gezeichnet ... eine Acht. Er kippte das Blatt zur Seite. Eine liegende Acht ... Unendlichkeit, kein Anfang, kein Ende. Und während *das Auge* sich wie so oft in seiner Fantasiewelt verlor, hatte am Gate 7 scheinbar irgendjemand einen schwarzen Rucksack vergessen ...

Unterdessen schaltete jemand am anderen Ende der Stadt in einem winzigen Büro mit einem noch winzigeren Fenster die fade Neonbeleuchtung an und fuhr seinen Computer hoch. Auf dem Schreibtisch lag schon ein Berg Akten – obenauf „Analyse Sicherheitsüberwachung Flughafen Tegel".

Alles ist wichtig – keine Information geht mehr verloren.
Schon lange war unser Vertrauen in die eigenen Sinne verschwunden und wurde ersetzt durch Computer, Kameras, Monitore, *digitale Augen* – den achten Sinn.

Hendrik Härter

Der Fremde mit dem kalten Blick

Leise stieg er aus dem Rettungsboot. Es war leicht gewesen, auf die Jacht zu kommen. Sie lag abseits an einem kleinen Steg, der durch eine hohe Hecke vor neugierigen Blicken geschützt war. Er nahm die schwarze Tasche aus dem Boot und öffnete sie, entnahm ihr die Waffe mit Schalldämpfer. Den Taucheranzug würde er erst später brauchen. Mit schnellen Schritten wandte er sich der Tür zu, schritt die drei Stufen in die Kabine. Ohne einen Blick für die luxuriöse Einrichtung zu haben, wandte er sich der halb offenen Tür der Schlafkabine zu, aus der das lustvolle Stöhnen der Frau drang. Durch den breiten Spalt sah er die Frau auf dem Bett knien, während der Mann ihren Hintern mit heftigen Stößen bearbeitete. Ein lauter Lustschrei der Frau kündigte das Ende des Aktes an und der Mann legte seine Hände über ihre Brüste. »Das war gut«, sagte er, »gleich noch einmal.« Der Fremde hob die Waffe und richtete sie auf den Rücken des Mannes. »Daraus wird nichts«, sagte er, »war euer letztes Mal.« Der nackte Mann fuhr herum, fiel unter den beiden Schüssen auf das Bett, wo er reglos liegen blieb, zwei weitere Schüsse beendeten das Leben der Frau. Mit einem kalten Blick für seine Opfer senkte der Schütze die Waffe, wobei sein Blick auf die Flasche fiel, die auf einem Tisch neben dem Bett stand. Er nahm sie hoch und las das Etikett. Guter Tropfen, dachte er und nahm einen Schluck aus der Flasche. Dabei fiel sein Blick auf die Brieftasche, die am Boden lag. Beim hastigen Entkleiden musste sie aus der Hose gefallen sein. Der Fremde hob sie auf, entnahm das dicke Bündel Scheine und steckte es in seine Hosentasche. Auch in der Tasche der Frau wurde er fündig. Wird Zeit, hier zu verschwinden, sagte er sich, wobei er sich ein zweites Mal aus der Flasche bediente. Wieder im Freien nahm er das leichte Gleiten wahr, mit dem die Jacht über das Wasser segelte. Das Schiff war weit von der

Küste abgetrieben, wie er bemerkte. Mit zwei eiligen Schritten war er im Ruderhaus, wo ihm der Grund dafür schnell klar wurde. Beide hatten es eilig gehabt, ins Bett zu kommen, und so vergessen, den Anker ins Wasser zu lassen. Von der Strömung erfasst trieb das Schiff im Wasser. Er legte die Waffe auf den Kartentisch. Sein suchender Blick fand den Starter, doch auf seinen energischen Druck hin rührte sich nichts, der Motor blieb stumm. Ein Blick auf die Tankuhr zeigte, warum, sie stand auf Null. Der Trottel war mit fast leerem Tank losgefahren.

Daran dachte er wieder, als er aus einem unruhigen Schlaf erwachte und sich im Bett aufrichtete. Ohne Licht zu machen, tastete er nach Zigaretten und steckte sich eine an. Rauchend stand er auf und trat ans Fenster, blickte in die Nacht. Noch nie hatten ihn seine Opfer im Schlaf verfolgt. Sie waren für ihn nur namenlose Objekte, für deren Tötung er gut bezahlt wurde, da machte das Paar auf der Jacht keine Ausnahme. Er nahm die Flasche Wein, die er am Abend zuvor entwendet hatte, und trank den letzten Schluck. Es ist diese verdammte Insel, dachte er, wird Zeit, hier zu verschwinden.

Elena fand keinen Schlaf in dieser Nacht, ihre Gedanken drehten sich ständig im Kreis. Das Gespräch mit dem Alten, so wurde er von allen genannt, ließ sie nicht los. Am Abend hatte sie ihn auf der Bank hoch über dem Ort getroffen. Seine Pfeife im Mund setzte er sich neben sie, blickte aufs Meer. »Jetzt sind sie wieder zusammen, die beiden Doktoren«, begann er. Auf der Wache sei er gerade gewesen, fuhr er fort, habe denen erzählt, dass was nicht stimmen könne mit dem Tod des alten Doktors. Er habe ihn an jenem Abend gesehen, den Commodore. Elena blickte den Alten verwundert an. Er habe, erzählte der weiter, nicht einschlafen können und sei noch einmal aus dem Haus, um sich müde zu laufen. Am nächsten Morgen wollte er mit der Fähre zum Festland zu seinen Kindern fahren. Auf dem Weg zurück zum Haus habe er den Commodore gesehen, ganz eilig habe der es gehabt, wollte auf keinen Fall gesehen werden. Ein Protokoll musste er unterschreiben, fügte er hinzu, steckte seine Pfeife wieder in Brand und ging. Elena stand auf, nahm das Päckchen Tabak und öffnete die Tür des Balkons, ließ sich auf dem Stuhl nieder und drehte sich eine

Zigarette. Sie blickte auf den Strand, an dessen Ende die mächtige Burg mit ihren Türmen ragte. Im Mittelalter aus den Blöcken des Steinbruchs erbaut, hatte sie die lange Zeit seit ihrer Fertigstellung schadlos überstanden und war heute für die vielen Besucher der Insel magnetischer Anziehungspunkt. Genau wie die Ruinen des antiken Tempels im oberen Teil der Insel, die man vor fünf Jahren entdeckt und freigelegt hatte. Elena war bei den Arbeiten dabei gewesen. Die Fundstücke wurden von ihr in einer Karte markiert und später gezeichnet, auch sehr genaue Skizzen der ganzen Anlage hatte sie erstellt. Wer die Anlage erbaut hatte und welchem Zweck sie diente, war für die Forscher bis heute ein Rätsel. Elena drehte sich eine weitere Zigarette, da kam ihr der entscheidende Gedanke. Klar, dachte sie, nur aus diesem Grund, den der Doktor ihr selbst genannt hatte, war der vom Commodore getötet worden. Mit einem Glas Tee nahm sie auf dem Stuhl Platz und ihre Gedanken gingen zurück zu dem Morgen, als das Meer den Mann mit den kalten Augen auf die Insel gespült hatte. An dem Morgen war Elena auf dem Weg zum Steinbruch, dort wollte sie einen bizarren Felsen zeichnen. Er war von dort aus gut zu sehen. Ihr Weg führte über den Strand. Die Händler waren dabei, ihre Stände zu errichten, an denen sie den Gästen Erfrischungen anboten. Einer von ihnen unterbrach seine Arbeit, sah auf das Meer hinaus. Er bat sie um ihr Fernglas und er sah hindurch. »Da ist ein Boot«, rief er, »und da ist jemand drin.« Er gab Elena das Glas zurück, folgte den Männern, die in ein Boot sprangen und eilig losfuhren, um den in Not Geratenen zu bergen. Elena sah durch das Glas, fand das Boot und konnte die Hand, die über den Rand ragte, erkennen. Sie legte das Glas in den Korb, in der Ferne war die Sirene des Klinikwagens zu hören. Der alte Doktor Bastos, ehemals Leiter der Klinik, kam auf Elena zu. Er hatte, wie jeden Morgen, am Kiosk gestanden und Tee getrunken. Seit Elena denken konnte, lebte der Doktor im Haus neben ihr, war Nachbar und väterlicher Freund gleichermaßen. »Wieder auf der Suche nach Motiven?«, fragte er und sie nickte. Die Männer mit dem Boot kamen zurück, hoben einen Mann heraus und legten ihn vorsichtig in den Sand, wo sich die herbeigeeilten Sanitäter seiner annahmen. Froh, nicht gebraucht zu werden, wandte sich Bastos wieder dem Kiosk und seinem Tee zu und Elena nahm ihren Weg wieder auf. An ihrem Ziel angekommen, ließ sie sich an dem großen Felsen nieder. Von hier, in dem letzten weichen Sand des Strandes, bot sich ein idealer Blick auf ihr Motiv. Sie holte Block und Stift aus dem Korb und begann den kantigen, von Wellen umspülten Felsen zu zeichnen. Ihre Gedanken gingen um einige Jahre zurück an einen sehr heißen Sommertag. Schon da war der Felsen ihr Motiv gewesen. Sie hatte Marc davon erzählt, der mit seinen Eltern einige Monate auf der Insel verbracht hatte. Er war ihr hinter den Felsen gefolgt, hatte sich zu ihr in den Sand gesetzt. An diesem Nachmittag war er ihr erster Liebhaber geworden und seither hatte Elena eine besondere Beziehung zu dem Felsen.

Am Abend traf sie Bastos auf der Bank vor seinem Haus an. Sie setzte sich zu ihm. Ja, sagte er und reichte ihr ein Glas Tee, der Fremde sei wieder erwacht. Bastos war seinem Nachfolger, Doktor Steffanos, begegnet. »Er kann sich an nichts erinnern, weder, wie er auf das Boot gekommen ist, noch an seinen Namen.« Er werde über Nacht in der Klinik bleiben, fuhr Bastos fort, am Morgen werde er dann Quartier bei der Witwe Harros bekommen. Genügend Geld habe der Fremde, er trug es in einem Beutel unter seiner Achsel. »Sein Leben scheint sehr bewegt und gefährlich«, meinte er. »Viele seiner Narben sind verheilte Schusswunden.«

Wo war er? Er spürte die schwankende Bewegung des Bootes nicht mehr. Durch ein Fenster drang ein schwaches Licht in den Raum und er erkannte, dass er in einem Krankenzimmer lag. Hatte er es also doch noch an Land geschafft. Langsam erinnerte er sich an aufgeregte Stimmen, fremde Gesichter und zugreifende Hände, die ihn aus dem Boot hoben. Später kamen ihre Fragen, die er nicht beantworten konnte. Wie lange er in dem Boot auf dem Meer getrieben war, konnte er nicht sagen. Er hatte irgendwann jedes Zeitgefühl verloren. Nach dem Blick auf die Tankuhr trat er wütend gegen die Verkleidung. Das gab es einfach nicht, war der Idiot mit leerem Tank losgefahren. Er hatte keine Lust, auf der Jacht mit zwei Toten gefunden zu werden, er musste von Bord. Er nahm das Fernglas vom Kartentisch, kletterte aufs Dach des Ruderhauses, um zu sehen, in welche Richtung er sich wenden musste. Ganz in der Ferne hatte er die Türme einer Burg wahrgenom-

men. Wieder auf den Planken ließ er das kleine Beiboot zu Wasser, band es an der Reling fest und versorgte sich mit ausreichend Proviant aus der Kombüse. Zum Glück hatte das Boot einen Motor am Heck, der auch sofort ansprang. Mit dem Tank würde er es nicht bis zur Insel schaffen, könnte aber die starke Strömung überwinden. Wenn der Motor seinen Dienst getan hatte, würde er ihn im Meer versenken. Erst viel später fiel ihm auf, dass seine Jacke und die Waffe an Bord geblieben waren. Morgen konnte er die Klinik verlassen. Mit diesem Gedanken schlief er wieder ein.

Den Commodore, wie er genannt wurde nach dem Namen auf dem Boot, sah Elena am nächsten Tag wieder. Sie hatte ihre Skizzen vom Tag zuvor mit Farbe ausgemalt und rauchte am offenen Fenster eine Zigarette. Der Fremde stand auf dem Balkon seines Zimmers mit freiem Oberkörper, den Blick dem Strand zugewandt. Das Haus der Witwe Harros lag nur wenige Meter entfernt dem ihren gegenüber und Elena konnte die vielen Narben, die Bastos erwähnt hatte, genau erkennen. Auf einem Block, der auf der Fensterbank lag, zeichnete sie mit schnellen und geübten Strichen eine Skizze des Gesichts, das auch aus der Ferne sehr kalt und düster wirkte. Später am Tag sah sie ihn noch einmal. Er saß auf einer Bank, eine Zigarette rauchend, und sie war auf dem Weg zur Burg. Mit der Leiterin des Museums wollte sie die Entwürfe für einen neuen Prospekt besprechen und während sie an ihm vorbei ging, spürte sie seinen kalten Blick auf ihrem Rücken. Auf dem Weg zur Burg fragte sich Elena, ob die Gerüchte über die Witwe zutrafen. Man sagte ihr nach, dass sie ihre männlichen Gäste auch mit den Freuden ihres Körpers verwöhnte. Bei der Fahrt mit der Fähre war ihr Mann, vermutlich betrunken, von Bord gefallen und ertrunken. Am nächsten Morgen wurde sein Körper aus dem Wasser geborgen.
Dann wurde Bastos tot aufgefunden. Wie jeden Abend war er zu der Bank über den Klippen gegangen. Dort, die Augen auf das Meer gerichtet, fühlte er sich seinem Vater nah. Vor Jahrzehnten war der, als Schiffsarzt, auf dem Meer geblieben. Als sein Schiff unterging, hatte er die Aufgabe übernommen, den Notruf über das Meer zu senden, wissend, dass er auf dem Schiff bleiben würde. So sagten seine Kameraden, die alle gerettet wurden, später aus. Und wie an jedem Abend

machte er sich wieder auf den Weg zurück zu seinem Haus und all die Jahre hatte er es erreicht. Nicht aber an diesem Abend. Beim Weg zurück, so nahm man an, war er über die Wegbegrenzung – sie ragte an einigen Stellen aus dem Boden – gestolpert, gefallen und den terrassenförmigen Abhang hinuntergerollt. Sein Kopf schlug hart an die halbhohe Mauer der Ruine, wo er am Morgen leblos gefunden wurde. Steffanos brachte Elena die Nachricht. Minutenlang hielt er die Weinende im Arm, hielt die eigenen Tränen nicht zurück.

»Ich werde auf meine Weise von ihm Abschied nehmen«, sagte Elena, als Steffanos aufbrach. Er musste zur Klinik zurück. Er warf einen Blick auf die beiden Bilder an der Wand; sie zeigten ihre Mutter und deren Bruder. Am Abend werde er wiederkommen, versprach er und küsste ihre Stirn. Nachdenklich machte sich der Doktor auf den Weg. Er konnte die Trauer von Elena nur allzu gut verstehen, fand er selbst keine Erklärung für den tödlichen Sturz seines Freundes, zudem wusste er um die enge Bindung zwischen ihm und Elena. Vor ihrer Geburt verließ der Vater Frau und Insel. Der verwitwete Onkel hatte der werdenden Mutter ein neues Heim gegeben. Es war Bastos, der später die Mutter überzeugte, die Tochter ihr kreatives Talent ausleben zu lassen, weil er deren Begabung erkannte. Noch etwas anderes war Steffanos aufgefallen, als er Elena im Arm hielt. Trotz aller Trauer war er sich seiner Gefühle für sie bewusst geworden.

Den Rest des Tages war Elena damit beschäftigt, ein Porträt des Freundes zu malen. Jeder Pinselstrich verringerte den Schmerz in der Brust. Die Trauer würde sie noch lange begleiten, schon beim Tod des Onkels und der Mutter war das so gewesen. Erst am Abend legte sie den Pinsel zur Seite, sah auf das fertige Bild. Sie zog sich aus, ging unter die Dusche. Mit dem Abtrocknen des Körpers fertig hörte sie die Türglocke, zog den Bademantel über und öffnete die Tür. Steffanos trat ein und umarmte sie und war froh, dass der Glanz ihrer Augen zaghaft zurückkehrte. Den Arm um ihn gelegt führte Elena ihn zu dem Bild, das er sehr ernst betrachtete.

»Sehr gut getroffen«, sagte er und spürte wieder die Wärme ihres Körpers. Er legte seine Jacke über den Stuhl, trat hinter sie und ließ die Hände über ihren Bauch zu ihren Brüsten gleiten. Den Kopf an seinen gelegt löste sie den Gürtel, schob den Stoff beiseite, um seine Hände auf der Haut zu spüren. Sanft kreisten seine Hände über die nackten Brüste, während er seine Lippen den Hals hinunter gleiten ließ. Sie drehte sich zu ihm um, ließ das hinderliche Textil zu Boden gleiten und öffnete den Gürtel seiner Hose. Sie wollte diesen Mann in sich spüren, nicht nur in dieser Nacht. Er hob sie an und trug sie zum Bett, legte sie sanft darauf ab, zog sich aus. Später, Elenas Kopf ruhte auf seiner Schulter, fragte er: »Hast du einen Platz für das Bild?« Als sie verneinte, meinte er, es gäbe einen idealen Platz dafür in der großen Eingangshalle der Klinik. Bastos hatte sie gegründet und aus eigenen Mitteln finanziert. Elena rollte sich auf ihn, eine gute Idee sei das, und sie verschloss seinen Mund mit einem Kuss.

Die Insulaner gaben ihrem alten Doktor einen würdigen Abschied. Alle waren dem schlichten Sarg gefolgt und viele, die ihm mit Tränen in den Augen folgten, hatte Bastos auf diese Welt geholt. Steffanos und Elena führten den langen Trauerzug an, waren sie doch die beiden Menschen gewesen, die ihm am nächsten standen. Auch der Commodore war gekommen. Neben der Witwe Harros stehend folgte er mit ausdrucksloser Miene dem Geschehen. In dem schwarzen Anzug, aus den Beständen der Witwe, wirkte er auf Elena noch düsterer als sonst. Am nächsten Morgen war der Commodore verschwunden. Elena erfuhr es von einem Fischer, als sie auf dem Weg zur Klinik war, um das Bild von Bastos abzuliefern. Ein Hubschrauber, sagte der Mann, sei vor dem Steinbruch gelandet, der Commodore sei eingestiegen und in Richtung Festland geflogen. Er, fuhr der Fischer fort, habe gehört, wie die Witwe es der Polizei erzählt habe, richtig in Rage gewesen sei die. Nicht nur den schwarzen Anzug habe der mitgehen lassen, er sei auch ohne zu zahlen verschwunden.

Der frühe Abend desselben Tages zeigte ihr dann das wahre Gesicht des Commodore. Elena hatte sich im Hof der Burg mit Steffanos verabredet. Dort gab es ein kleines Lokal, in dem sie gerne etwas aßen. Beide mochten das Ehepaar und die Speisen sehr. Sie war zu früh, setzte sich an einen freien Tisch, als ihr Blick auf ein Magazin fiel. Es lag aufgeschlagen auf dem freien Stuhl neben ihr. Es war eines der Magazine, die oft von den Besuchern der Insel zurückgelassen wur-

den. Sie klappte es zu, las die Schlagzeile **„Die Toten der Commodore"**. Sie schlug den Bericht auf und begann zu lesen: *Am Tag zuvor
war die seit Tagen vermisste Jacht „Commodore" von einem Hubschrauber der Küstenwache vor einer abgelegenen, nicht bewohnten
Insel gesichtet worden, im seichten Wasser auf Grund gelaufen. Ein
Schiff der Küstenwache war zu der Stelle gefahren und, mit dessen
Beiboot angelangt, Beamte an Bord gegangen. Sie fanden den Besitzer,
einen Millionär, sowie dessen Begleiterin unbekleidet auf dem Bett mit
zwei Schusswunden in der Brust. Im Schlepp der Küstenwache auf
dem Festland zurück sei das Schiff von der Polizei untersucht worden.
Auf der Jacht wurde eine Waffe, es war die Tatwaffe, sowie eine
Lederjacke gefunden, in deren Tasche man zwei Fotos der Opfer fand.
Über das Motiv und den Täter sei noch nichts bekannt, die Polizei
gehe davon aus, dass es sich um einen Auftragsmord handle. Die verwendete Waffe sei schon bei bisher ungeklärten Morden auffällig
geworden. An dem Ganzen, so endete der Bericht, sei bei aller Tragik
auch etwas Pikantes, nämlich die Tatsache, dass beide Opfer mit
jeweils anderen Partnern verehelicht waren und jene von deren inti-
mer Beziehung nichts wussten.*

Elena schlug das Magazin wieder zu. Der Commodore war also ein
bezahlter Killer. Steffanos nahm auf dem Stuhl neben ihr Platz. Er hatte
von dem Bericht gehört. Beide hofften, der düstere Fremde möge nie
wiederkommen.

Doch Elena sollte ihm noch einmal begegnen. Diesen Tag hatte sie
auf dem oberen Teil der Insel, nahe dem alten Tempel, auf dem großen
Felsen zugebracht. Sie zeichnete die schroffen, vor der Insel in die
Höhe ragenden Felsen. Sie würde es, mit Farbe versehen, auf dem
Burgfest an die Gäste verkaufen. Über mehrere Stunden in ihre Arbeit
vertieft, war sie am frühen Abend mit dem Ergebnis zufrieden, zwei
Skizzen waren entstanden. Sie packte die Utensilien in den Korb, als
ihr das kleine Schiff vor der Küste auffiel. Sonderbar war, dass es gera-
de an dieser Stelle ankerte. Die Einheimischen mieden diesen Teil der
Steine wegen, die hier unter dem Wasser lagen. Sie nahm das
Fernglas, richtete es nach unten und blickte in das düstere Gesicht des
Commodore. Der war dabei, ein Kanu, das neben dem Schiff lag, zu

besteigen. Er löste das Seil und ruderte auf die Insel zu. Was hatte er vor, fragte sich Elena. Sie ließ das Kanu nicht mehr aus den Augen. Angekommen, zog der Commodore das Kanu an den Strand, zog ein Gewehr aus dem Inneren und lief auf den Steinbruch zu. Elena legte das Fernglas in den Korb, stieg von dem Felsen. Sie wusste, was er vorhatte. Über den steilen Pfad wollte er auf den oberen Teil der Insel gelangen, um dort die Dunkelheit abzuwarten.

Die Insulaner nannten den Weg den Pfad des Todes, weil schon mehrere Menschen den Versuch, ihn zu betreten, mit dem Leben bezahlt hatten – alle vom Festland. Sie machte sich auf den Weg, wusste, wo der Pfad endete. Sie hatte diese Stelle vom Turm der Burg skizziert, der bizarren Form und Maserung wegen, kannte jede Einzelheit. Am Ende des Weges gab es einen kleinen Vorsprung im Felsen. Auf ihm stehend musste sich der Kletterer nur mit der Kraft seiner Arme nach oben drücken.

Dort würde sie auf den Commodore warten. Sie hatte keine Eile, sein Aufstieg war mühsam. Die Steine nach oben waren glatt, an vielen Stellen brüchig. Als sie am Ziel ankam, setzte sie sich auf den Weg und stellte den Korb neben sich. Bald schon konnte sie seine leise ausgestoßenen Flüche hören, wenig später drang sein Keuchen nach oben. Seine Hände waren das erste, was sie von ihm sah. Elena hob ihre anwinkelten Beine in die Luft. Der Lauf des Gewehrs schob sich als nächstes über den Rand, gefolgt von dem rot angelaufenen Gesicht. Sie sah sein Erstaunen, öffnete die Beine leicht.

»Für unseren Doktor«, sagte sie mit fester Stimme und trat gegen seine Arme. Seine Hände verloren den Halt und er fiel mit weit aufgerissenen Augen in die Tiefe. Elena stellte ihre Beine wieder auf den Weg, stand auf. Während sie aufstand, erschien das Bild von Bastos vor ihr und sie war sich sicher, dass er ihr sein so typisches Zwinkern zuwarf. Jetzt hat er wirklich seinen Frieden, dachte sie, nahm ihren Korb und ging nach Hause. Es war zwei Tage vor dem Burgfest. Elena hatte gekocht und nach dem Essen hatte Steffanos ihr gesagt, er werde in das Haus von Bastos ziehen. Da wäre auch Platz für sie, er wäre froh, es mit ihr zu teilen. Sie wurde für einen Moment nachdenklich, er ließ ihr Zeit.

»Da gibt es etwas, das du wissen musst«, sagte sie eng an ihn geschmiegt.

»Dass du den Commodore getötet hast?«, fragte er. Erstaunt nickte sie. Er zeigte auf den großen Tisch. »Die Felsenzeichnung«, sagte er sanft, »sie ist genau an dem Tag entstanden, als dieser Widerling abstürzte.« Er öffnete den Gürtel ihres dünnen Mantels. »Wir sollten diesen widerlichen Fremden aus unserem Gedächtnis streichen und uns angenehmeren Dingen zuwenden«, sagte er.

»Aber ich bekomme den oberen Teil des Hauses«, bat sie, genoss seine Hände auf ihrer Brust und küsste ihn.

Gaby Vayant

Ich sah dich schon, bevor du kamst

iese Nacht hatte ich einen wundersamen Traum. Mir träumte, dich wiederzusehen. Der Traum reichte weit in die Vergangenheit zurück, und doch war er anders und neu. Dich wiederzusehen hieß, deine Seele zu berühren. Ich wusste nicht, wo es war und wie es sein würde. Es war wie hinter dem irdischen Tunnel. Es war paradiesisch. Leicht waren unsere Seelen, und einfach war alles. Wir berührten uns wie Wolkengeister, aber dein Lächeln war zu sehen, das Lächeln einer magischen inniglichen Liebe. Man nenne diesen Zustand Traum, Vision oder Transzendenz. Aber all dies war tatsächlich da, ganz gegenwärtig, hell und schön mit einem göttlichen Lächeln des Wohlwollens und der Liebe. Dieses zeigte mir diese Nacht.

Der Tag brach an und begann fast wie jeder andere. Ich ging in die Bibliothek, um meine Arbeit fertigzustellen, als mich von hinten ein Ärmel wie zufällig berührte, kaum mehr als ein Windzug. Ich drehte mich um, was sonst nicht meine Art war, und hörte ein sanftes: »Oh, Entschuldigung!«, fast hauchend. Was sonst jedermann übersehen hätte, zog mich an. 'So sanft, ein Mann?!', dachte ich. Um es selbst zu glauben, schaute ich auf. Ein lächelndes Gesicht sah mich an. Es war ein Lächeln, das ich irgendwoher kannte. Augenblicklich war ich weg, verliebt im Bruchteil von Sekunden.

»Jemanden, der sich für einen Windhauch einer Berührung entschuldigt, gibt es selten!«, entfleuchte es mir.

»Ja?«, lächelte er mir entgegen.

»Ja!«, sagte ich. »Sie haben mein Buch in Ihren Händen.«

»Ja?«, lächelte er fragend.

»Ja«, sagte ich. »So viele Jas habe ich in meinem ganzen Leben nicht gesagt.«

»Nein?«, lächelte er.

»Nein«, antwortete ich. Langsam wurde mir mulmig, und ich traute mich nicht mehr, zu echoen. Nun ergriff er die Initiative: »Ach, das ist Ihr Buch? Danach habe ich schon lange gesucht.«

»Das freut mich!«, sagte ich, meine Selbstzweifel unterdrückend und fast erstickend.

»Lassen Sie uns doch einen Kaffee trinken gehen.«

»Ja«, sagte ich und folgte ihm traumwandlerisch.

Also, so war es, so musste es sein, so musste es kommen, und ich ging mit ihm, weil ich wusste, es würde so sein, es sollte so sein, es würde so kommen, und es war gut so. Warum er sich so etwas wie mich ausgesucht hatte, wusste ich nicht; vielleicht würde ich es erfahren.

Höflich, nett und freundlich und sehr feinsinnig stellte er sich dar.

»Wie kommen Sie auf mich?«, fragte ich ihn direkt.

»Ja, Sie schreiben auf eine so feinsinnige, bewusstseinsschaffende Art, dass man den Eindruck hat, Sie sind ganz schön weit entwickelt, und solche Menschen sind selten.«

»Erstaunlich, dass Sie so etwas sagen. Ich habe auch lange jemanden gesucht, der weiterentwickelt ist als der Durchschnitt, habe aber die Suche dann ergebnislos aufgegeben. Ich schreibe tatsächlich, um etwas ins Bewusstsein zu rücken, das die Menschen weiterbringen soll. Sonst sähe ich keinen Sinn im Schreiben.«

»Wie schön, dass sich meine Vermutung bestätigt. Ich freue mich, Sie getroffen zu haben.«

»Ich auch, und auf so angenehme Weise. Sie kommen mir bekannt vor, ich glaube, Sie schon irgendwann einmal gesehen zu haben. Kennen Sie mich auch?«

»Nein, aber es gibt ja so etwas wie Seelenverwandtschaft, da glaubt man, jemanden seit ewig langer Zeit zu kennen.«

»So ist es wohl!«

»Eine solche Begegnung sollte man nicht verstreichen lassen. Wir sollten uns näher kennenlernen.«

»Ja, jetzt bin ich dazu bereit ...!« Und ich wusste, ich sah alles schon im Traum der Nacht.

»Ich möchte beispielsweise wissen, wer Sie sind und wie Sie sind. Ich möchte Sie kennenlernen.«

»Na, dann lassen wir uns doch aufeinander ein. Ich möchte Sie auch kennenlernen, Sie sehen, sehen, wie Sie sind.«

'Wenn er so auch sieht, wie ich manchmal meine Schwächen mit einem Rollenverhalten kaschiere, oh je, ich schäme mich schon jetzt, und er wird sich enttäuscht abwenden. Wenn er mit seinem aufrichtigen Blick mich dann nackt sieht, dann wird der Putz fallen.

Aber ich könnte mich ja auch dann schnell entwickeln in seinem Angesicht oder die Spannung aushalten, nicht überspielen, sondern ihr und mir in echt begegnen – also es als eine echte Begegnung sehen!', schoss es mir durch den Kopf.

Und dann kam es zu der Begegnung, die die Anziehung unvermeidlich mitzubringen schien. Er zog mir den Pullover aus, sanft, wie mit Seidenhänden, und ich schämte mich für meine alte Haut. Er schien sie zu übersehen. Er zog seinen Pullover aus, und eine wunderschöne Gestalt kam zum Vorschein: schmale Hüften, breite Schultern und schmale lange Beine. Er war jünger als ich, aber auch das schien er nicht wahrzunehmen. Samtig berührte er mich, es war eher der Magnetstreifen seiner Hand, der über meinen Körper glitt.

Wir bewegten uns im Rhythmus unserer kosmischen Kräfte, die den Fingerabdruck unserer Seelen bildeten, und erkundeten einander. Er würde zum Wasserelement gehören, wie ich zum Wind und zur Luft. Wir, Vogel und Fisch träfen uns an der Wasseroberfläche, und ich tauchte ein in das Wasser und folgte ihm. Er zog mich in seinen Bann bis zur unterirdischen Felsgrotte, wo wir verharrten und uns ansahen. Das Wasser zwischen uns übertrug jede Regung und Bewegung, die wir in uns schwingen fühlten. Wir sahen uns in die Augen und der Blick reichte tief in unsere Seelen; wir sahen die Gründe und Abgründe der Rührungen. Wir sahen alles, was wir waren, sind und werden würden. Die Liebe hüllte uns ein und enthüllte uns gleichzeitig. Dieser Moment hätte nicht tiefer, weiter und inniglicher sein können, und uns entfleuchte ein Lächeln, fast ein Lachen.

Wir wachten auf und fielen zur Seite. Jeder war wieder in seinem Element, aber die gemeinsame Begegnung zeigte tiefe Ein-Sichten und die Einheit der Seelen trotz Verschiedenheit. Es war eine sehr innigliche Begegnung.

»Ich habe dich gesehen, du mich auch?«

»Ja, ich dich auch, und es war schön.«

»Ja, es war sehr schön.«

Ein Minutenschlaf, der wie eine Ewigkeit anmutete, ließ uns die Trunkenheit überwinden und zu dem Ergebnis kommen: Es war schön!

»Es war schön, und du warst auch sehr schön!«

»Dieses Schöne liegt nicht außen, sondern innen in der Schönheit des Selbst, der Seele und des Geistes.«

»Du sagst es!«

»War es zu schmeichlerisch zu sagen, dass es schöner nicht hätte sein können?«

»Nein, es war die Wahrheit. Ich empfand es auch so! Das Leben kann ja auch schön sein, wenn es nicht an der Materie festkleben bleibt. Ich sah dich schon, als du noch nicht da warst, und dennoch tonlos schon ankamst, in der achten Dimension. Ich sah dich schon, bevor du kamst.«

Thomas Sichelschmied

Begleiter

ie Geschichte beginnt dramatisch. Sie beginnt mit meinem Tod. Nun, der Tod an sich besaß eher wenig Dramatik. Kein überengagierter Islamist, der sich um Allahs willen in meiner Nähe in die Luft jagte oder SUV-Fahrer, der nicht einsah, für einen schnöden Fußgänger wie mich extra zu bremsen. Nein, ich klappte einfach zusammen und stand nicht mehr auf.

Als ich erwachte, wobei dieser Ausdruck meinen Zustand nur im Ansatz richtig umschreibt, befand ich mich in einer Art Korridor, einem schlauchartigen Raum. Er war nicht sehr breit, vielleicht vier, fünf Meter. Aber seine Längsrichtung betrug mindestens an die dreißig Meter. Es herrschte ein nicht definierbares Zwielicht. Also nichts mit gleißenden Strahlen oder so, wie man es aus Filmen kennt. Vermutlich konnte man sich nicht entscheiden, in welche Richtung ich zu gehen hatte. Ich hätte es auch selbst nicht sagen können. Jedenfalls würde ich nur ungern dort hingehen, wo sich bibeltreue Christen oder die Zeugen Jehovas treffen.

Am Ende des eigenartigen Raumes sah ich eine Tür mit zwei Flügeln. Links und rechts wurde sie von jeweils einem Gargoyle bewacht. Grauen, steinernen Skulpturen, etwa hundegroß, wie sie auch oft an Mauern von Klöstern und Kirchen zu finden sind. Sie sind angeblich Dämonen nachempfunden und sollen ihre Artgenossen von diesen Orten fernhalten. Ich vermute, es hat schon damals wenig geholfen. Als ich mich ihnen näherte, wurden sie lebendig. Sie stießen Dampf aus den Nüstern und fingen an zu knurren. Obwohl sie sich anscheinend nicht von der Stelle bewegen konnten, hielt ich danach doch immer einen recht großzügigen Abstand zu ihnen.

Es gab weder Bilder noch Einrichtungsgegenstände. Das einzige Mobiliar in meiner neuen Behausung bestand aus einem Sofa. Es war rot und sah bequem aus. In Ermangelung von Alternativen setzte ich mich und wartete erst mal einfach ab. Was hätte ich auch sonst tun sollen?

Lange musste ich nicht warten. Neben mir ließ sich jemand auf das Sofa plumpsen. Ein Mann, etwa Mitte vierzig. Also so alt wie ich. Ich kannte ihn nicht. Er lächelte freundlich und fragte, wie es mir ginge.

»Nicht gut«, antwortete ich durchaus ehrlich.

»Kann ich verstehen. Würde mir vermutlich nicht anders gehen.«

Dann schwiegen wir beide.

»Erinnerst du dich nicht mehr an mich?«, fragte er nach einer Weile in die Stille hinein.

Ich sah ihn an und schüttelte den Kopf.

»Schade. Ich bin Thomas. Thomas Bojan, erkennst du mich wirklich nicht mehr?«

Natürlich kannte ich Thomas. Wir waren beste Jugendfreunde gewesen. Aber seit gut zwanzig Jahren war der Kontakt abgebrochen. Und der Mann da neben mir sollte Thomas sein? Er sah verhärmt aus und viel älter als damals. Es dauerte ein bisschen; aber doch, er besaß eine gewisse Ähnlichkeit.

»Ja«, sagte Thomas dann, »nun sitzt du also hier. Irgendwann sitzt hier jeder einmal. Es gibt schönere Orte, aber ich finde, du hast es dir ganz gut eingerichtet.«

»Eingerichtet?«, fragte ich. »Ich habe gar nichts eingerichtet. Ich war einfach nur hier.«

»Das kann man auch anders sehen.« Thomas lächelte milde. »Alles an diesem Ort ist der Erinnerung deines Kopfes entsprungen. Ich übrigens auch.«

»Wie jetzt? Selbst angenommen, du bist der Thomas von damals - wobei ich mir dabei in keiner Weise sicher bin: Woher sollte ich wissen, wie du heute aussiehst? Wir haben uns doch ewig nicht mehr gesehen.«

»Du weißt es deshalb, weil wir alle vernetzt sind.« Er machte eine weit ausholende Armbewegung. »Ein unsichtbares Netz, das alles miteinander verbindet. Jedes mit jedem. Aber lassen wir das. Worauf wartest du eigentlich noch?«

Ich verstand nicht, was er meinte. »Ich warte auf gar nichts«, sagte ich. Irgendwie nervte er.

»Aha. Du weißt aber schon, dass du eigentlich nur durch diese Tür da gehen müsstest?« Er zeigte in Richtung der Gargoyle.

»Ich habe es versucht, aber die beiden sehen das anscheinend nicht besonders gerne.«

»Ah, ja.«

»Wie *ah, ja?*«

»Ich weiß, es fällt schwer, das alles anzunehmen. Es ging mir nicht anders.« Er sprang leichtfüßig auf und schaute sich interessiert im nahezu leeren Raum um. »Weißt du«, meinte er dann, »manchmal sind sie sich noch nicht sicher und lassen einen warten. Das kann dann dauern. Warten wir einfach ab und sehen, was kommt.«

Er grinste breit über das Gesicht. Das war auch schon früher seine Art gewesen.

»Ich kann mich an nichts erinnern«, meinte ich zu ihm. »Ich weiß nur noch, dass ich bei der komischen Post in der Dithmarscher war und auf dem Rückweg noch einen Kaffee im *May* trinken wollte. Danach ist alles weg.«

»Das ist normal.« Thomas setzte sich wieder. »Den eigentlichen Tod vergisst man immer. Ist vielleicht auch besser so. Warum magst du diese Viecher da eigentlich so gerne?« Er zeigte wieder in Richtung der Gargoyle.

»Bitte?«

»Du hast sie schließlich als Wächterform ausgesucht. Es muss ja einen Grund haben.«

Bevor ich antworten konnte, sprach er bereits weiter: »Warum hast du eigentlich nicht auf deinen Begleiter gehört? Die geben an sich doch immer Tipps.«

Er schien eine Affinität für *eigentlich* zu besitzen. Aber was er mit den *Begleitern* meinte, blieb mir schleierhaft.

»Nun, die Begleiter«, fügte er auf meinen eigentümlichen Gesichts-ausdruck hinzu, »sind die, die uns ... begleiten.«

Hervorragend erklären konnte er auch.

»Sie kommen von da, wo du hingehen wirst. Und werden bereits wieder dort sein, wenn du zurückgehst. Also, so wie jetzt. Du hast immer einen um dich. Sie sind Teil von dir und mehr als das. Meistens ist es jemand, den du zwar kennst, aber nie dafür halten würdest.«

»Dich zum Beispiel«, meinte ich süffisant und stand auf.

Er ignorierte den Spott und brabbelte weiter. Ich hörte nicht mehr hin. Etwas hatte sich bei den Gargoylen verändert. Sie waren vorher nur unifarben grau. Jetzt sahen sie eher nach Ocker und irgendwie grobporiger aus. »Deine Katze zum Beispiel, sie könnte ...«, verstand ich noch, als ich losging, um mir das genauer anzuschauen.

Die Kreaturen hatten sich tatsächlich verändert. Sie fingen an zu schmelzen. Ihre Schnauzen bogen sich nach unten durch und die Hörner krümmten sich zu schwarzen Schneckenhäusern zusammen. Es knackte und der Schwanz des rechten Tieres brach ab und polterte zu Boden. Auch verströmten sie einen fauligen Gestank. Ich musste ein paar Schritte zurücktreten. Dann fiel der Linke zur Seite. Er war der größere gewesen. Seine Bauchdecke platzte dabei auf, Staub wirbelte hoch. Es erinnerte mich an die alten Draculafilme. Die Stelle, an der Christopher Lee von einem Pflock durchbohrt wurde und zu Asche (oder wohl eher Gips) zerfiel. Dann begann die Doppeltür auffällig zu knarren. Millimeter um Millimeter öffnete sie sich. Sollte das jetzt das Ende vom übergangsweisen Ende sein? Ich drehte mich zu Thomas um, aber er war verschwunden.

Ein Schmerz durchzog mich. Es war wie der Schlag mit einer Eisenstange. Ich krümmte mich. Dann noch einer und noch einer. Diese Schläge kamen nicht von außen. In mir schlug es. Mein Herz, wie ich später erfuhr, nahm stampfend seine Tätigkeit wieder auf.

Ich erwachte – und das diesmal wirklich - in einem Krankenhaus. Da ich privat versichert bin, in einem Einzelzimmer. Man hatte mich doch noch rechtzeitig reanimieren können.

Nach ein paar Tagen kam ich wieder nach Hause. Mein Gesundheitszustand hatte sich recht ordentlich stabilisiert. Ich fragte mich, ob alles nur ein Traum gewesen war: Thomas Bojan, der Raum, die Gargoyles und diese ominösen Begleiter. Dank *Google* erfuhr ich, dass ich nicht der einzige Nahtod-Erfahrene war, der sich an solch einen Raum zu erinnern glaubte. Auch den Begriff *Begleiter* las ich erstaunlicherweise öfter und auch das mit dem Netzwerk. Mir ging Thomas' letzter Satz mit der Katze nicht mehr aus dem Kopf. Nun, ich besaß eine. Oder vielmehr wohnte bei mir eine. Denn mehr, als mich zu dulden, tat sie eigentlich nicht.

Eine Weile vergaß ich die ganze Angelegenheit und der normale Alltag holte mich wieder ein. Aber, wie der Zufall oder etwas anderes es wollte, traf ich Sonja wieder. Auch sie kannte ich aus meiner Jugendzeit. Wir hatten uns lange nicht mehr gesehen. Sie war zuerst mit mir und dann mit Thomas zusammengewesen. Wir unterhielten uns nett und sie erzählte mir, dass Thomas vor ein paar Jahren gestorben sei. Das wusste ich nicht. In welcher Verbindung sie zueinander standen, habe ich nicht gefragt, war mir eigentlich auch egal. Sie besaß ein Foto von ihm. Als ich es anschaute, musste ich mich setzen. Der Thomas auf dem Bild sah etwas jünger aus, aber doch war die Ähnlichkeit mit dem aus dem Korridor frappierend. Wie konnte das angehen? Woher hatte ich das Wissen über sein Aussehen haben können? Hatte der Spinner doch recht? Waren wir alle *vernetzt*?

Seit dieser Zeit jedenfalls fing ich an, meine Katze zu beobachten. Sie benahm sich wie immer und wie sich jede normale Hauskatze eben benimmt. Sie quengelte, wenn sie Milch haben wollte, meckerte über das angeblich minderwertige, aber schweineteure Fertigfutter und krallte sich mit Hingabe an meinem Bein fest, wenn ich schon im Schlafanzug vor dem Fernseher saß. Und so weiter und so fort.

Aber das, was sie tat, wenn ich nicht hinsah, fand ich viel spannender. Sie belauerte mich. Sie schaute sich verstohlen nach mir um und dachte wohl, ich merke es nicht, aber ich merkte es wohl. Sollte Thomas auch in diesem Punkt recht behalten haben? Ist mein vollkommen harmlos wirkender Haustiger ein sogenannter *Begleiter*? Ein Wesen aus dem Jenseits oder einer wie auch immer gearteten Zwischenwelt? Nun, mit mir darüber reden wollte sie jedenfalls nicht. Ich habe es ein paar Mal probiert.

Auch finde ich, dass ihre grundsätzliche Hilfsbereitschaft mir gegenüber eher schwach ausgeprägt ist. Und an irgendwelche Warnungen oder Hinweise kann ich mich schon gar nicht erinnern.

Mein Psychiater nennt das *Posttraumatischen Stress aufgrund einer Nahtod-Erfahrung* und hält mich wohl für bekloppt. Möglich, dass er recht hat.

Jedoch irgendetwas ist schon dran an Thomas' Worten. Ich kann es nicht beweisen, aber ich sehe meine Katze seitdem mit anderen Augen. Und sie mich glaube ich auch.

Uwe Schmidt

Der kleine Wassermann

Leise gleitet das Boot
über den See, und unter
der Trauerweiden rot, und gelb
und noch viel bunter.
Der Mond gräbt fern
seine Spur in seichte Wellen,
und Fische springen gern,
nach Mücken und Libellen.

Das Blattwerk rauscht drüben,
am Ufer, im leichten Wind,
und in der Ferne hüben
lacht fröhlich ein Kind.
So schaukeln wir im Wasser, die Hände
fest verbunden, der Puls schlägt,
deine Augen sprechen Bände,
Halt – hat sich da nicht was bewegt?

Es ist der kleine Wassermann,
der Liebende belauscht,
er schwimmt ganz gerne leis' heran,
wenn Aphrodite sie berauscht.
Hörst du, wie er vor Freude
das Wasser glucksen lasst und lacht?
Er hat das heute auch mit uns
in der Dämmerung gemacht.

Ingrid Franke

Wiederkehr der Vergangenheit

Aufgewachsen mit den üblichen fünf Sinnen hatte er das Bauchgefühl als den 6. Sinn bezeichnet. Der 7. Sinn ließ ihn nachts mit Freunden auf dem Kinderspielplatz Karussell fahren. Für Körper, Geist und Seele war es einfach erfrischend, mal Unsinn zu machen. Verheiratet und als Vater von zwei Kindern machte er die Bekanntschaft mit dem 8. Sinn. Dem Irrsinn.

Johannes, von seinen Freunden nur kurz Joe genannt, erwachte morgens wie üblich um dieselbe Zeit. Er stand auf und ging ins Bad. Im neu erworbenen Haus war noch Stille. Alles schlief. Er duschte, putzte sich die Zähne, rasierte sich, sah sein Spiegelbild und fragte sich: »Warum das alles?« Danach ging er in die Küche und bereitete den Kaffee zu. Er deckte den Frühstückstisch, sah auf die vier Teller und spürte den aufkeimenden Widerstand in sich. Ein ihm völlig unbekanntes Gefühl bei dieser Tätigkeit. Joe öffnete den Kühlschrank und stellte die üblichen Sachen auf den Tisch. Zuletzt nahm er das Besteck, vier Messer und vier Löffel, in seine Hände. Er bewunderte die schmale, längliche Form der Messer mit ihrer tödlichen Spitze.

Und – er genoss die Kühle des Stahls in seiner Handfläche. Jetzt begann er, die Familie zu wecken. Zuerst die Kinder und dann seine Frau. Wie immer, mit einem Kuss auf ihre Wange. Während Jule und Tom sich um die Vorherrschaft im Bad stritten, lag Anna noch immer friedlich schlummernd vor ihm. Regungslos, als wäre sie tot. Er beugte sich zu ihr hinab, um Anna erneut einen Kuss auf die Wange zu hauchen, hielt aber auf halbem Weg inne. Was wäre, würde sie tatsächlich tot vor ihm liegen? Die Tür flog auf und Jule erkundigte sich kreischend nach dem Verbleib ihrer gewaschenen Shirts. Anna schlug die Augen auf und murmelte: »Die hängen noch auf dem Wäscheständer.«

»Guten Morgen, mein Schatz, das Frühstück ist fertig«, dabei hauchte er ihr den obligatorischen Kuss auf die Wange. Es war ihm kein Bedürfnis, er tat es aus Gewohnheit. Das wurde ihm schlagartig bewusst, aber er verdrängte diese Einsicht sofort und gesellte sich zur Familie. Die Kinder stritten sich wie jeden Tag und seine Frau saß regungslos vor dem leeren Teller – ebenfalls wie jeden Tag. Er beobachtete zurückgelehnt dieses Szenario. Waren so seine Erwartungen? Wollte er nach dem Studienabschluss und der Doktorarbeit diese Art von Leben? Wie immer nahm er auch die Zeitung von ihrem Platz und versteckte sein Gesicht dahinter. Aber er konnte an diesem Tag nicht lesen. Vielmehr beschäftigte ihn der Gedanke über seine Gedanken. Er wusste sie nicht einzugliedern. Was sollte diese plötzliche Gesinnung? Er musste raus, weg vom Tisch und der Familie, er fühlte sich zornig über sich selbst und elend über diese Anwandlung. Fast fluchtartig verabschiedete er sich und lief zur Garage, startete seinen Wagen und fuhr in seine Kanzlei. Unterwegs beruhigte er sich ein wenig, aber er identifizierte sich zum ersten Mal mit seinen Klienten. Johannes war Strafverteidiger. Mord im Affekt, geplanter Mord aus niedrigen Beweggründen – er war mit sämtlichen Tötungsdelikten sehr vertraut. Der Tag im Büro verging ihm viel zu schnell. Er hatte Angst, nach Hause zu fahren, und beschloss, seinen Freund anzurufen. Der, ebenfalls Anwalt von Beruf, war sichtlich erfreut, als er seine Stimme vernahm.

»Joe, altes Haus, was kann ich für dich tun?«

»Hallo Sam, Lust auf ein Bier in der *Glocke*?«

»Gerne, wann kannst du dich von deinem Büro trennen?«

»Gleich«, antwortete Johannes, »ich gehe jetzt los.«

»Gut, ich bin auch schon fertig, wir treffen uns dann dort!«

Eigentlich hätte er jetzt Anna angerufen, um ihr das mitzuteilen. Aber er konnte es nicht, etwas in ihm hielt ihn zurück. Er verspürte eine Abneigung, ihre Stimme zu hören. Johannes verstand sich und die Welt nicht mehr. Was ging bloß in ihm vor?

Seine Sekretärin öffnete die Kanzleitür und verabschiedete sich. Eigentlich sah er sie ganz gerne mit ihren wunderbar weiblichen Kurven, aber auch sie ließ ihn heute kalt. Keine erotischen Fantasien keimten in ihm auf. Abrupt stand er auf, nahm seinen Mantel und ging zu seiner Verabredung.

Die beiden Freunde trafen fast gleichzeitig im Lokal ein, umarmten sich kurz und setzten sich an einen unbesetzten Tisch.

»Alles in Ordnung mit dir?«, fragte Sam und sah dabei stirnrunzelnd zu Joe.

»Ja, ja«, antwortete der überschnell, gefolgt von einem geflüsterten: »Nein, gar nichts ist mehr in Ordnung.« Er erzählte ihm von seinem Sinneswandel.

»Ach Joe, nun mach dir darüber keine Gedanken, du bist in der Midlife-Crisis – da sind solche Gedankenspiele ganz normal. Man stellt sich und sein Leben infrage, ob alles richtig ist oder nicht. Das macht jeder Mann durch! Allerdings heimlich, im Gegensatz zu den Frauen. Warte es ab, das gibt sich wieder von ganz alleine.«

Joe war erleichtert. Er vertraute seinem Freund felsenfest. Relativ gut gelaunt fuhr er zu seiner Familie. Anna saß noch vor dem Fernseher. Mit vorwurfsvollem Blick empfing sie ihn und fragte nach seinem Verbleib. Er erzählte ihr von seinem Treffen mit Sam, aber verriet nicht den Grund. Ein wenig Ärger kroch in ihm hoch. Warum sollte er Rechenschaft ablegen? Er kam sich in seine Vergangenheit versetzt vor.

Jedes Mal, wenn er sich verspätete, musste er seiner Mutter eine plausible Erklärung geben, warum er nicht pünktlich war. Die beiden kleineren Geschwister freuten sich damals stets über die Standpauke, die der große Johannes bekam. Er bemerkte die angebrochene Rotweinflasche auf dem Tisch.

»Hast du getrunken?«, fragte er seine Frau.

»Ein Glas Wein, ist das vielleicht verboten?«

Und wieder dachte er an seine Kindheit, die er eigentlich gar nicht hatte. An die unzähligen Flaschen, die seine Mutter gründlich geleert hatte. Selbst der Dialog mit seiner Frau war identisch mit dem zu seiner Mutter. Der kleine Ärger in ihm wurde stärker, mutierte zu einem Hassgefühl. Hört das denn nie auf? Ist er dazu verdammt, immer wieder so ein verkorkstes Leben zu führen?

»Ich gehe jetzt schlafen«, hörte er Anna wie durch eine Nebelwand sagen.

Er antwortete nicht und nahm ihren Platz auf dem Sofa ein. Im Fernsehen lief ein Krimi, er schaltete ihn aus. Es war still im Haus. Johannes' alte Wunden brachen auf.

Eine nach der anderen. Und mit jeder Wunde wurde er um Jahre jünger, bis er auf dem Stand eines Vierzehnjährigen war. Tränen liefen über sein Gesicht. Er wollte weglaufen, aber sein Pflichtgefühl und die Liebe zu seinen kleinen Brüdern hielten ihn zurück. Wer sollte sich um sie sorgen? Selbst wenn er seine Mutter noch so nett mit einem Guten-Morgen-Kuss weckte, sie saß danach ungepflegt und stumm am Frühstückstisch. Unfähig, den Kleinen auch nur ein Brot zu schmieren. Nach der Schule war kochen, einkaufen, aufräumen angesagt, die Kleinen vom Kindergarten abholen, Spielplatz, Abendessen. Nachts machte er seine Hausaufgaben und lernte für die Schule. Und das jeden Tag und ohne Aussicht auf Verbesserung. Johannes war am Ende seiner Kräfte. Er konnte nicht mehr. Leise schlich er in die Küche, holte diesen kühlen Stahl aus der Schublade und ging zum Schlafzimmer. Einmal, zweimal – nein, er wusste nicht mehr, wie oft er zugestochen hatte. Es ging einfach und leicht, lautlos. Anna hatte sich nicht gewehrt. Er reinigte den Knauf des Messers, beseitigte sonstige Spuren und verwüstete das Wohnzimmer in Maßen. Danach griff er zum Telefon und rief die Polizei an. Als diese eintraf, erzählte er, wie er nach Hause gekommen war und seine Mutter oben in einer Blutlache vorgefunden hatte.

»Wahrscheinlich war es einer ihrer trinkfesten Liebhaber, denn die Flaschen lagen noch rund um ihr Bett. Oder vielleicht war es auch ein Einbrecher«, sagte er in einem kindlichen Ton. Diesmal kam er in kein Heim, diesmal glaubte ihm die Polizei nicht.

Der Mord an seiner Mutter wurde neu aufgerollt und er wurde in zwei Fällen für schuldig befunden. Sam war sein Strafverteidiger, Jule und Tom kamen zu den Großeltern. Er selbst kam lebenslang in eine geschlossene Psychiatrie, was ihn aber nicht weiter störte. Er blieb auf dem Stand eines Vierzehnjährigen und hatte endlich Freunde zum Spielen.

Hella Scharfenberg

Wer hat das letzte Wort?

Er: Wo sind meine Schuhe?
Sie: Na, da, wo sie immer sind.
Er: Sind sie aber nicht.
Sie: Was soll das heißen?
Er: Sie sind nicht da, wo sie immer sind.
Sie: Merkwürdig. Sehr merkwürdig!
Er: Genau!
Sie: Merkst du was?
Er: Nee, was soll ich merken?
Sie: Wir sind einer Meinung.
Er: Bild dir bloß nichts darauf ein.
Sie: Warum so grantig?
Er: Ich suche nach den Schuhen und du hältst Vorträge.
Sie: Ich suche auch, und zwar nach Gemeinsamkeiten.
Er: Warum suchen wir nicht gemeinsam nach meinen Schuhen?
Sie: Wenn wir schon gemeinsam nach Schuhen suchen, dann nach unseren Schuhen.
Er: Sind deine denn auch verschwunden?
Sie: Moment, ich sehe mal nach. Tatsächlich! Meine sind auch verschwunden.
Er: Ist das jetzt deine berühmte *Duplizität der Ereignisse*?
Sie: Du sagst es.

(Sie lächelt und dreht ab.)

Angelika Marie Hauck

Das unerforschte Phänomen des SSS

Guten Abend, meine Damen, meine Herren! Ich freue mich sehr, Sie in diesem Saal begrüßen zu dürfen. Sie sind durch die Nacht gefahren, um meinem Vortrag zu lauschen. Aber was genau hat Sie hierher geführt? Neugier auf fremde Welten? Die Dame in der dritten Reihe, die mit dem kecken Hut, ist deshalb hier. Nicht wahr? Und Sie, Madame, dort rechts neben dem Herrn im karierten Hemd – das ist doch nicht Ihr Mann? – Sie wünschen sich den Schlüssel für intensivere Beziehungen. Stimmt's? Allerdings nehme ich auch andere Strömungen in diesem Saal wahr. Speziell unter den Herren. Einige von Ihnen sitzen mit einer ausgeprägten Skepsis vor mir. Ihre Frauen haben Sie überredet mitzukommen. Doch seien Sie ehrlich, Sie würden lieber zu Hause vor dem Fernseher lümmeln. Sie können ruhig ein interessiertes Gesicht aufsetzen, ich spüre Ihre Zweifel, ich spüre sie sehr deutlich. Keine Angst, meine Herren, ich werde Sie nicht vor Ihren Begleiterinnen bloßstellen. Aber … ich bitte Sie inständig, folgen Sie meinen Ausführungen.

Vor mehr als dreißig Jahren, vielleicht waren es sogar vierzig Jahre, habe ich das Phänomen, von dem ich Ihnen nun berichte, das erste Mal an mir beobachtet. Es geschah in einer Straßenbahn. Einige von Ihnen erinnern sich noch an diese ratternden, rumpelnden Gefährte mit Holzbänken. Es handelte sich um die Linie 2 des Hamburger Verkehrsverbundes, eine Woche vor dem Heiligen Abend. An der Haltestelle Grindelhof drängten sich Studenten der naheliegenden Universität, und als die Bahn ihre Türen öffnete, schoben sie sich mit mir zusammen hinein. Ich hatte großes Glück, einen Sitzplatz zu erwischen. Glück, weil meine Füße in den Hackenschuhen – so nannten wir damals die Pumps – schmerzten und ich zudem eine Schüssel

Nudelsalat für die Einweihungsparty meiner Freundin Inge mit mir führte. Es war neunzehn Uhr dreißig, einige Schneeflocken tanzten am Fenster vorbei. Ich erinnere mich, dass ich zufrieden und erwartungsfroh der Party entgegensah.

Die Straßenbahn zuckelte die Grindelallee hoch, aus den vorüberziehenden Schaufenstern leuchteten Lichter. Bald fuhr sie über den Grindelberg. Nichts hätte meine Zufriedenheit, objektiv betrachtet, stören können. Aber sie wich. Bereits an der Hoheluftbrücke machte sich eine Unruhe in mir bemerkbar. Es war keine Furcht vor Menschen, so etwas kenne ich nicht; auch keine Panik in geschlossenen Räumen. Es war ein Kribbeln und Ziehen in Armen und Beinen. Mehr nahm ich damals nicht wahr. Mehr konnte ich nicht wahrnehmen. Wie beim Hören und Sehen, beim Riechen und Schmecken muss sich jede Wahrnehmung als Fähigkeit erst entfalten und im Laufe der Jahre differenzieren. An jenem Tag war es also ein Kribbeln, und das steigerte sich nun zur Unruhe und schließlich zu dem Drang, die Straßenbahn zu verlassen. Zwei Haltestellen konnte ich dem Drängen widerstehen. Dann trieb es mich endgültig aus der Bahn.

Ich stolperte hinaus, stand an der Straßenbahnhaltestelle in der Mitte der Fahrbahn, schaute mich um. Wohin sollte ich gehen? In der Straßenbahn war der Impuls hinauszugehen deutlich gewesen. Nun spürte ich nichts Vergleichbares.

»Was für ein dummes Zeug!«, schalt ich mich und beschloss, mit der nächsten Bahn meine Fahrt zur Einweihungsparty fortzusetzen. Der Schnee fiel dichter, er legte sich auf meine Ärmel und mein Haar. Nun näherte sich eine Straßenbahn aus der entgegengesetzten Richtung, von dort also, wo mein ursprüngliches Ziel lag. Sie hielt, nur ein Fahrgast stieg aus. Und ich, wie von einer unsichtbaren Hand geführt oder durch eine Kraft aus dem Innenraum der Straßenbahn gezogen, stieg ein. Ich schaute mich im Waggon um, niemand schaute auf. Nichts Sonderbares war zu entdecken.

Die Wagen setzten sich in Bewegung und ich fuhr also den Weg zurück. Die nervöse Unruhe schien sich gelegt zu haben, Herz und Gedanken beruhigten sich. Einzig die Frage, wohin mich schließlich die Reise führen würde, bewegte mich. Ich gelangte zum Ausgangspunkt meiner Fahrt. Nichts. Kein Impuls. Ich blieb sitzen. Kaum aber war die Straßenbahn angefahren, wuchs das Drängen, sie zu verlassen. In kürzester Zeit vibrierte es in mir. Und zwar so stark, dass ich bereits an der nächsten Haltestelle, der Staatsbibliothek, wieder ausstieg, ja, aussteigen musste.

Ich sprang auf die Fahrbahn, ohne auf herannahende Wagen zu achten. Ein Fahrzeug bremste, ein anderes fuhr laut hupend an mir vorbei. Ich eilte weiter und fand mich nach kürzester Zeit vor dem Eingang der Staatsbibliothek wieder. Ich stieg vier Stufen hinauf und durch das Glas des Eingangsportals zwischen den schmiedeeisernen Ranken hindurch erblickte ich einen jungen Mann. Er war in die Knie gegangen, um Bücher aufzuheben, die ihm wohl aus der Hand gefallen waren. Auch wenn er sein Gesicht abgewandt hielt, erkannte ich an den geschmeidigen, flinken Bewegungen seine Jugend. Er trug einen schwarzen Mantel aus Tuch, über den hochgestellten Kragen waren einige dunkle Locken gekrochen. Und noch bevor er sich umdrehte, erkannte ich ihn wieder. Er war Student des Germanischen Instituts. Wir hatten zu Beginn des Semesters im brauerschen Seminar *E.T.A. Hoffmanns ,Nachtgeschichten': Das Verhältnis von Hell und Dunkel* nebeneinandergesessen. Seine durchweg klugen Anmerkungen, die frei waren von selbstdarstellerischem Großtun, hatten mich beeindruckt. Er schien die Texte ganz von innen zu erfassen, zeichnete sich mehr durch ein Gespür als durch klare Analyse aus. Und während der neunzig Minuten, die wir nebeneinandersaßen, schien eine Verbindung zu wachsen.

Absichtlich langsam räumte ich damals am Ende des Seminars meine Papiere zusammen und hoffte, er würde mich ansprechen. Doch er ging hinter meinem Rücken vorbei. Er drehte sich im Türrahmen noch einmal zu mir um, ein trauriges Lächeln huschte über sein Gesicht, dann verschwand er. Er erschien kein weiteres Mal im Seminar. Ich hatte noch nach ihm Ausschau gehalten, ihn jedoch weder im Foyer des Philosophenturms, noch auf dem Campus, noch in der Mensa entdecken können.

Nun drehte er sich um. Sein Gesicht war schmal und blass geworden. Doch seine blauen Augen leuchteten mit einer ungeheuren Strahlkraft.

»Erinnerst du dich?«, fragte er.

Ich nickte und blieb stumm.

»Ist es nicht wunderbar, dass ich gerade vor wenigen Momenten an dich hab denken müssen?«

Und als ich immer noch nicht antwortete, fuhr er fort:

»Ich heiße Johannes. Gern hätte ich dich früher wiedergesehen. Aber es geht nicht immer so, wie wir wollen.«

Wir wurden ein Paar. Was sich bereits bei unserer ersten Begegnung abgezeichnet hatte, entfaltete sich in den folgenden Monaten zur vollen Blüte. Unsere geistige und seelische Verbundenheit wuchs. Wir lasen gemeinsam die Geschichten von E.T.A. Hoffmann und studierten sein Leben. Wir schrieben uns Gedichte. Oft sprach der eine die Gedanken des anderen aus, bevor der sie äußern konnte. Wenn wir nebeneinander gingen, geschah es immer im Gleichschritt, und sobald wir ein Plakat oder Schaufenster betrachteten, war unsere Aufmerksamkeit auf dasselbe Detail gerichtet. Waren wir für einige Tage getrennt, schien es die Regel zu sein, dass wir beide zur selben Zeit zum Telefon griffen, um miteinander zu reden.

Bis eines Tages unsere Verbundenheit schwächer wurde. Wir spürten, es war sinnlos, dagegen zu rebellieren. Schließlich blieb jeder mit seiner Trauer zurück. Und trotzdem danke ich ihm. Durch Johannes wurde meine Wahrnehmungsfähigkeit verfeinert und weiterentwickelt. Nur deshalb bin ich heute hier.

Sie glauben vielleicht, dass unsere Begegnung reiner Zufall und vieles nur Ausdruck der Liebe gewesen war. Vielleicht argwöhnen Sie sogar, meine Erinnerung sei durch Verklärung getrübt. Doch hören Sie weiter. Ich nahm in der Folge Signale wahr, die andere nicht zu bemerken schienen.

So auch auf der Kanareninsel Gomera. Es war in einer Diskothek, einem dieser überfüllten Urlaubslokale, in denen die Bässe aufs Herz schlagen und die Phonzahl die Ohren taub werden lässt. Die Gäste drängten sich euphorisiert auf der Tanzfläche. Ich hatte beschlossen, das Lokal schnell wieder zu verlassen. Denn weder die Musik noch das Publikum waren nach meinem Geschmack. Ich nahm den letzten Schluck meines Getränks und stand aus den Lederpolstern auf.

Da hörte ich durch die wummernden Bässe hindurch Hilferufe. Ich schaute mich um, sah keinen Rufenden. Noch einmal vernahm ich den Ruf. Es waren keine Worte, die ich hörte. Trotzdem war ich sicher, dass jemand rief. Und dann wurden, ähnlich wie in der Straßenbahn, meine Schritte gelenkt. Ich stieg eine Treppe hinunter, die ich noch nicht gegangen war, folgte einem Gang, stand schließlich vor drei Türen. Ich zögerte keinen Moment. Ich wusste, welche Tür ich öffnen musste. Ich drückte die Klinke der Eisentür und stieß sie auf. Sie führte auf einen Innenhof, der vom Mond und den Sternen erleuchtet war. Ein wenig abseits saß auf einem Gartenstuhl ein Mann. Der Fremde schien groß und von stattlicher Statur, er hatte kräftiges blondes Haar.

»Sie haben mich gerufen?«, fragte ich.

Irritiert schaute er mich an.

»Ich? Wie kommen Sie darauf? Ich kenne Sie doch gar nicht«, antwortete er.

»Also soll ich wieder gehen?«

»Nein, das nicht«, antwortete er hastig. Er fuhr sich durchs Haar. »Von dieser Seite gibt es nur einen Knauf. Ohne Schlüssel kommt man nicht wieder hinaus. Ich habe mich versehentlich ausgeschlossen.«

»Dann kommen Sie, die Tür wird allmählich schwer.«

Er stand auf und kam auf mich zu.

»Danke. Natürlich hatte ich gehofft, jemand würde die Tür von innen öffnen. Denn es gibt keinen anderen Weg hinaus. Aber gerufen habe ich nicht. Warum auch, bei dem Lärm dort drinnen würde einen sowieso niemand hören.«

»Sind Sie da ganz sicher?«

Er lächelte skeptisch.

»Aber um ehrlich zu sein, hatte ich mir gerade noch eine ähnlich bezaubernde junge Frau als Retterin vorgestellt. Ist das nicht sonderbar?«

Auch wir wurden ein Paar. Maximilian war Techniker und einige Jahre älter als ich. Uns verband nicht die Liebe zur Literatur, wie es bei Johannes gewesen war. Dafür hatte Maximilian einen ungeheuren Sinn für die Skurrilitäten des Alltags. Es gibt niemanden, mit dem ich mehr gelacht habe als mit ihm. Und er war bereit, sich neuen Gedanken und Erfahrungen gegenüber zu öffnen. Dieser naturwissenschaftlich orientierte Mann, der jeder Form von Esoterik gegenüber allergrößte Skepsis an den Tag legte, räumte ein, dass es wohl doch außer den allseits bekannten sechs Sinnen weitere Formen der Wahrnehmung geben müsse. Leider ging auch diese Liebe zu Ende, doch bis heute verbindet mich mit Maximilian eine tiefe Freundschaft.

Glauben Sie mir, ich habe Maximilian damals im Innenhof gehört. Oder sollte ich lieber sagen *erspürt*? Es ist gleichgültig, wie man es nennt. Was zählt, ist die Tatsache, dass ich ihn deutlich wahrgenommen habe. Von wie vielen Begebenheiten könnte ich noch erzählen. Z. B. von dem Jungen, der von einer Kaimauer springen wollte und den ich im letzten Moment zurückhalten konnte. Wieder gab ich meine ursprüngliche Absicht auf, lenkte meinen Wagen um, verschob die Verabredung mit einer Freundin und folgte dem Drängen, das mich in den Hafen und zu besagtem Jungen führte. Doch ich will nicht alles verraten.

Jeder Mensch verfügt über diese Fähigkeit. Ich nenne sie den seismografischen Sinn für menschliche Seelenlagen, kurz SSS. In jedem von uns schlummert dieser Sinn, auch wenn er bei den meisten Menschen brachliegt. Auch Sie, meine Damen und Herren, können die innere Stimme eines anderen Menschen über große Distanzen hinweg wahrnehmen. Sie können es üben, wenn Sie nur wollen. Seien Sie mutig und tragen Sie sich noch heute Abend in meine Seminarliste ein. Oder kaufen Sie mein Handbuch *Der seismografische Sinn für menschliche Seelenlagen – wie wir ihn entfalten und nutzbar machen können*. Listen und Bücher liegen dort an der Seite aus.

Vielen Dank für Ihre Aufmerksamkeit.

Wolfgang A. Gogolin

Die weise Nachbarin

»Irene! Es klingelt!« Hans-Joachim Berger saß Zeitung lesend auf dem samtbezogenen Sofa und intonierte in sandiger Stimme seine Feststellung. Kaum vorstellbar, dass seine Frau Irene das Sturmgeläut überhört hatte, aber Hajos Ruf bedeutete auch mehr als nur eine bloße Feststellung, übersetzt hieß er: Verdammte Störung – ich stehe nicht auf – öffne du die Tür.

Es klingelte erneut. Hajo setzte die Zeitung ab, seufzte. Welch' männliches Ungemach. Ganz offensichtlich meinte das Schicksal es heute nicht gut mit ihm.

»Irene!!« Konnte ein gesprochenes Wort zwei Ausrufungszeichen beinhalten? Es konnte!

Irenes Flirren durch den Flur war förmlich zu spüren. Hajo stellte ungerührt fest, dass der Baum der frühen Sozialisierung einer Frau zur Hausfrau auch im Alter reiche Ernte trug.

Hajo rückte die Brille zurecht. Atmete sich frei und hob die Zeitung in den Lesebereich. War jetzt endlich Ruhe? Wispern. Hajos Ohren zentrierten sich. Konnte ein rechtschaffener Mann denn nie in Ruhe Zeitung lesen? Zornesröte stieg ins Gesicht des Unterbrochenen. Das Wispern war offensichtlich gänzlich weiblich. Irene tuschelte vermutlich wieder mit einer Nachbarin. Im letzten Moment schaffte es Irene gottgelenkt, einem Wutausbruch ihres Mannes zu entgehen – sie schloss die Haustür.

»Hajo, mein Liebling! Schau mal, was ich hier habe!«, gurrte sie. Hajos Druck in den Adern hatte sich noch nicht abgebaut. Er schaute in ihre Richtung. »Ist das nicht toll!« Ehemann betrachtete Ehefrau. Ehefrau erkannte, dass Ehemann nichts Tolles bemerkte und schüttelte ihre hocherhobene Hand.

»Hier!«, trällerte sie, und Hand nebst Wasserflasche tanzten Samba. Hajo schluckte. War das der Grund für die Störung des mittäglichen Zeitungslesens? Eine Wasserflasche? Sein formal denkendes Hirn drückte auf eine imaginäre Pausentaste.

»Irene!« Das Denkvermögen nahm wieder Informationen auf. »Sei nicht albern und hör mit dem Schütteln auf!« Irene gehorchte.

»Aber Schatz, das ist kein richtiges Schütteln. Ich aktiviere damit die Wassermoleküle.« Bedächtig stellte Irene die Wasserflasche auf den Tisch. Direkt vor Hajos Augen. Ernsthaft nickte sie ihm zu.

»Hans-Joachim.« Fast nie verwendete sie seinen vollen Namen. »Es ist nicht nur Wasser.« Verschwörerisch legte sie den Zeigefinger auf die Lippen. »Es ist besonderes Wasser!« Hajos Augen weiteten sich.

»Energetisches Wasser«, flüsterte sie, als könnte das Wasser des Universums zurückschlagen für jede falsche Information.

»Besonnt, du weißt schon.« Nur selten fühlte Hajo seine Schilddrüse, doch gerade in diesem Moment pulsierte sie.

»Irene! Was für ein Unfug! Wasser ist Wasser. H_2O. Mehr nicht!« Hajo zerknüllte seine geliebte Tageszeitung und warf sie aufs Sofa. Die Wasserfreundin straffte sich. Stand auf und ging wortlos zur Schrankvitrine. Nahm in aller Seelenruhe ein Glas heraus, stellte es neben die energetische Flasche und befüllte es mit dem besonnten Nass.

»Was soll das?«

Vorsichtig, mit einem unterdrückten Zittern in der Stimme, näherte sich Hajo einer völlig neuen Wissenschaft.

»Sieh doch nur.« Er sah. Sein Blick sagte: ein Glas Wasser.

»Sieh genauer hin!« Er sah genauer hin. Eindeutig. Ein Glas Wasser.

»Es vermittelt dir eine Botschaft.« Ungläubig, doch forschend blickte Hajo ins Glas. Er entdeckte keine Botschaft, hatte allerdings auch keine erwartet. Und?, fragten seine Augen und ahnten Unheil.

»Das gequälte Lebewesen im Glas bedankt sich für den banalen Akt der Befreiung aus der Wasserleitung. Es liebt dich.«

»Irene! Verdammt noch mal!«, schrie Hajo. »Wer hat dir solche Narretei eingetrichtert?«

Närrin Irene zuckte mit den Schultern und wunderte sich, dass die späte Gewöhnung an neue Dimensionen mit Gebrüll verbunden war. Aber sofern dies reife Früchte tragen sollte, war es schon in Ordnung.

»Ich habe das Wasser von einer klugen Nachbarin.«

»Kluge Nachbarin? So etwas haben wir hier nicht in der Gegend! Wer ist es?«

»Hajo, beruhige dich. Wusstest du eigentlich, dass Wasser mit anderen Flüssigkeiten kommunizieren kann – und dass besonntes Wasser heilig ist?« Hajo schnaubte.

»Wer ist es?«

»Frau Bielfeld!«, sagte Irene so tief überzeugt, als würde sich ein komplettes Kompetenzzentrum Wasser direkt im Nachbarhaus befinden.

»Frau Bielfeld von nebenan? Die mit den Engelsflügeln an der Haustür und den Heilsteinen im Gartenbeet? Irene, sie hält dich für dämlich! Wie viel hat das Wasser gekostet?« Irene nuschelte nur.

»Wie viel?«, brüllte Hajo. Dann wuchtete er sich aus dem Sofa, was einer Kriegserklärung gleichkam.

Die Terrassentür flog auf. Unter Missachtung der Bodenschwelle flog der Tobende hinterher und sackte auf die Knie. Irene wimmerte. »Hajo.« Dieser rieb sich das schmerzende Kniegelenk. Schmerz kann durchaus ein Lehrherr für strategische Handlungsweise sein. Er humpelte zurück ins Haus, schnappte sich die Flasche, anschließend den Spaten, der im Beet steckte. Irene wankte ihrem Gemahl hinterher. »Oh Gott, Hajo, was hast du vor?«

Frau Bielfeld sonnte sich derweil ahnungslos auf der Gartenliege. Im gelben Bikini.

»Sie dusselige Kuh!«

Frau Bielfeld blickte sich um. War sie gemeint?

»Hier!« Er zeigte auf die Flasche und goss den Inhalt aus. »Hier ist Ihr heiliges Wasser!« Hajo akzentuierte *heiliges Wasser* so, als wäre er gerade in einen Hundehaufen getreten. »Und jetzt ...«

Er griff sich beherzt in den Schritt. Mit einem *Ratsch* lag alles Wichtige frei. »... mache ich es göttlich!«

Ein dunner gelber Strahl pullerte auf das Heiligtum. Der Vorrat Gelbwasser versiegte und die kreative Kriegsmaschine stoppte den Erstschlag. Kraftvoll stach Hajo mit dem Spaten in die Erde des göttlichen Wassers, lud eine Schippe auf.

»Hajo! Nicht!«

Dass Frau Bielfeld im dottergelben Bikini sekundenschnell erdverschmiert in verpullerter Erde stand, begriff sie nur bruchstückhaft. Auch Irene stand mit offenem Mund da. Hajo aber strahlte.

Die Sozialisierung von Idioten würde reiche Früchte tragen. Früher oder später. Und wenn nicht – der Vorrat an göttlichem Wasser dürfte kaum versiegen.

Martin Ripp

Die Musterehe

Er versuchte sich an den Tag zu erinnern, an dem das Glück sie verlassen hatte.

Es war aber an keinem Tag festzumachen, weil es schon viel eher verschwunden war, ohne dass sie es bemerkt hatten. Und da es kein spontaner Ausbruch von ihnen gewesen war, sondern eine über Wochen anhaltende, nicht wahrgenommene Krise, konnte er nur mit Bestimmtheit sagen, dass es Ende November gewesen sein musste, an einem Tag, an dem man schon abends um sieben das Gefühl hatte, es wäre dreiundzwanzig Uhr.

Sie hatten an jenem Tag schon sehr früh vor dem Fernseher gesessen und er hörte sich noch sagen: »Mir ist das zu wenig, jeden Abend mit dir vor dem Bildschirm zu sitzen, um mir irgendwelchen Schwachsinn `reinzuziehen!«

Ebenso hatte er ihren überraschten Gesichtsausdruck vor Augen, bevor sie nach einer endlos erscheinenden Pause zurückgeschlagen hatte: »Meinst du, dass es mir Spaß macht, mit dir vor der Glotze zu hocken? Ich wollte es dir schon früher sagen: Die Arbeit in diesem großen Haus wächst mir über den Kopf! Als du noch berufstätig warst, war es für mich selbstverständlich, die Hausarbeit allein zu erledigen. Außer, dass du ab und zu mal das Geschirr abtrocknest, habe ich keine Unterstützung von dir! Du bist ganz schön faul und lebst immer noch im Rollenverständnis der Sechzigerjahre! Das muss ich dir leider so ungeschminkt sagen! Die meiste Zeit sitzt du im Hobbykeller und bastelst an diesen schwimmunfähigen Mini-Dampfern! Wie viele willst du dir davon noch zum Einstauben ins Regal stellen?!«

Er hatte schlucken müssen; das hatte gesessen! Und ihm war nichts weiter eingefallen als: »Wieso hattest du Angst, mir das zu sagen? Wir konnten und können doch über alles reden!«

»Wirklich? Über alles?« Ein undefinierbares Lächeln war über ihr Gesicht gehuscht. Sie hatte tief Luft geholt, ihn nicht dabei angesehen und gesagt: »Wenn du mittwochs in deine Sportgruppe gehst, läuft parallel seit Jahren mein Spanischkursus in der Volkshochschule.«

»Ja, immer noch fast die Anfangsclique, wie du mir gesagt hast. Und ich habe immer von einem Häkelklub gesprochen, der mir spanisch vorkommt!« Er hatte unbekümmert gelacht.

»Da warst du auf der richtigen Fährte! Seit einem Jahr ist der Kursus mangels Teilnehmer aufgelöst worden. Aber ich sah nicht ein, diese Stunden gegen Hausarbeit einzutauschen!«

»Das hättest du mir doch ruhig sagen können«, hatte er erwidert, immer noch arglos. »Oder hattest du Angst, ich hätte deine Zeit beschneiden können? Es muss doch jeder von uns seine Freiräume haben!« Er hatte sie ahnungslos angelächelt.

»Nun, wo du mich mit deiner Unzufriedenheit überrumpelt hast, sollten wir reinen Tisch machen!« Sie hatte eine kurze Pause gemacht und ihn beobachtet, um seine Reaktion wahrzunehmen. »Ich nutze diese Zeit, um mich mit Harry zu treffen!«

Sein von Natur aus blasses Gesicht hatte sich verfärbt, als hätte er schlagartig hohes Fieber bekommen. »Ausgerechnet mit Harry?«, war er herausgeplatzt. »Wenn du mir ein Verhältnis mit einem Kursusteilnehmer gestanden hättest, hätte ich vielleicht noch Verständnis aufgebracht! Nach Harrys Scheidung hatten wir uns doch von ihnen zurückgezogen. Du meintest doch, Erika sei selbst schuld und jetzt bedauerst und tröstest du den unschuldigen Harry?!«

»Du kannst dir deine Ironie sparen. Ich habe das nicht gesucht! Wir hatten uns zufällig getroffen, und dass es nicht bei diesem einen Treffen geblieben ist, lag auch an dir! Ich fühlte mich einfach vernachlässigt und sah mich nur noch als deine Haushälterin!«

Er hatte geschwiegen und auf die Mattscheibe gestarrt, als wäre da ein Problemfilm gelaufen. Er wollte nicht wahrhaben, dass es sich um ihre Geschichte handelte, und musste plötzlich fünfunddreißig Jahre zurückdenken, als sie von einer Scheidung im Bekanntenkreis gehört hatten und er bemerkt hatte: »Das kann uns nicht passieren!« Und seine Braut hatte es bestätigt: »Niemals! Unsere Liebe ist etwas ganz Besonderes!«

Dachten das nicht alle Verliebten?! Wie hatten sie damals so eine überhebliche Aussage treffen können? Sie waren jung gewesen und hatten nicht geahnt, dass Gefühle sich im Laufe des Lebens veränderten; denn man konnte sie nicht festhalten und auch nicht konservieren!

»Hat es dir die Sprache verschlagen?«, hatte die Stimme seiner Frau ihn von seinem Ausflug in die Vergangenheit zurückgeholt.

»Nein! Ich kann mir nur nicht vorstellen, wie es weitergehen soll! Willst du bei ihm einziehen? Willst du die Scheidung?«

»Dazu kann ich heute Abend nichts sagen!«, hatte sie geantwortet. »Ich schlage vor, dass wir uns vorläufig aus dem Weg gehen.« Und mit einem zaghaften Lächeln: »Wir haben ja genug Räume, um uns zu verstecken!«

»Und wollen wir unseren Kindern und Enkeln zukünftig noch immer eine glückliche Ehe vorgaukeln?!«

Diese Frage hatte sie nicht mehr beantwortet, war aufgestanden und hatte gesagt: »Ich geh jetzt schlafen!«

Schlaf gut hatte er sagen wollen, sich aber auf die Zunge gebissen, und bevor sie die Tür geschlossen hatte, nur genuschelt *Tu das.*

Er hatte noch eine ganze Zeit im Wohnzimmer gesessen, klassische Musik gehört, einige Cognacs nicht wie sonst genossen, sondern hinuntergestürzt, sich bedauert, war in Selbstmitleid verfallen, bis er mit Fragen eines Unbekannten, der offenbar in sein Gehirn eingedrungen sein musste, konfrontiert wurde.

»Weshalb habt ihr euch nicht, wie andere, nach dem verflixten siebten Jahr getrennt?«

Er hatte ihm sogar bereitwillig Auskunft gegeben: »Damals war alles in Butter! Marita und Roswitha, unsere fünfjährigen Zwillinge, waren unser ganzer Stolz! Wir hatten gar keinen Grund, auseinanderzugehen! Und selbst wenn, hätten wir ihnen keine Scheidung angetan!«

Die Stimme in seinem Kopf war hartnäckig geblieben: »Und warum tut ihr euch das jetzt an? Da deine Frau diesen Fragen ausweichen wollte und schon ins Bett gegangen ist, frage ich dich, warum willst du dich verschlechtern? Eine gleichaltrige oder etwas jüngere Frau hätte auch eine Scheidung oder vielleicht sogar zwei oder drei hinter sich! Was meinst du, was die für Macken hat! Eine Witwe würde dich ständig mit ihrem Verflossenen bis zur Verzweiflung vergleichen! – Ist das eine Alternative? Willst du dir das wirklich antun? Willst du nicht lieber um deine Frau kämpfen?«

Das war vor vier Monaten gewesen. Und ihm war nicht klar, ob diese Stimme wirklich da war, er es geträumt oder der ungewohnt viel genossene Alkohol sein Gehirn durcheinandergebracht hatte.

Inzwischen gingen sie einander nicht mehr so konsequent aus dem Weg. Wenn er im Keller seinem Hobby nachging – er bastelte Segelschiffe aus Streichhölzern, Holzabfällen und Pappe –, und es sich ergab, trug er den Korb mit nasser, schwerer Wäsche vom Waschkeller in den Garten, damit sie sie auf die Leine hängen konnte.

Morgens bereiteten sie abwechselnd das Frühstück. Mittags schälte er schon mal Kartoffeln. Er versuchte auch, einen Kuchen zu backen, der aber misslungen und hart wie Zwieback war.

Jeder hatte inzwischen seinen Flachbildschirm. So konnte er politische Themen, Wirtschaftsberichte und selbstverständlich Fußballübertragungen ohne ihren Protest verfolgen, während sie sich Unterhaltungsfilme oder Ratespiele ansehen konnte, ohne dass er gelangweilt und beleidigend von Schwachsinn sprach.

Drei- bis viermal im Monat blieb der Fernseher sogar aus. Dann gingen sie wie früher ins Kino oder ins Theater. Seit einigen Wochen war sie sogar mittwochs zu Hause geblieben, ohne ihm eine Erklärung zu geben. – Vielleicht hatte sie Harry den Laufpass gegeben! Aber ins Schlafzimmer war sie noch immer nicht zurückgekehrt.

Gestern hatte er Schwierigkeiten gehabt, einzuschlafen und sich von einer Seite auf die andere gewälzt. Sie hatten einen raffiniert inszenierten, nicht ins Pornografische gehenden Erotikfilm in der Spätvorstellung gesehen, der seine Fantasie angeregt hatte und ihn an frühere glückliche Jahre denken ließ. Das abgezogene, leer stehende Bett neben ihm hatte ihn danach besonders traurig gestimmt! Er fing an nachzudenken, wie er das ändern könnte, und überlegte wieder, wer oder was die Stimme in seinem Kopf gewesen sein konnte. – War es vielleicht der siebte Sinn gewesen? Nein, das war ja eine Fernsehserie über Verkehrssicherheit. Die brauchten sie nicht, denn Verkehr hatten sie in den letzten Monaten ja nicht! Der sechste Sinn kam nicht infrage, der sollte nach neuesten wissenschaftlichen Erkenntnissen nur bei Genies oder zumindest hochintelligenten Menschen wirksam sein. Dann konnte es nur zwei Stufen höher sein, nämlich der: ***Dialog der Intuition des Unbewussten!***

Was das bedeutete und wodurch der **8. Sinn** in Geist und Körper ausgelöst wird, könnten nur Psychiater erklären! Egal! Er wollte es gar nicht wissen! Er wollte jetzt schlafen und träumen!

Irgendwann, es war bestimmt schon morgens, hörte man ihn im Halbschlaf murmeln: »Ich nicht, Harry ist der Loser! Jetzt werde ich noch um seine ehemalige Geliebte, meine Frau, kämpfen! – Nein! Nicht mit der Faust oder mit messerscharfen, verletzenden Worten! Heute werde ich das Haus von oben bis unten putzen und saugen!«

Jürgen Rath

Von allen Sinnen

Ich liege im Bett und kann nicht schlafen. Ich wälze mich von einer Seite auf die andere, ich kann das machen, ich liege alleine im Bett, ich bin Single. Normalerweise kann ich immer schlafen. Ich schnarche meist schon, wenn noch ein Bein auf der Bettkante hängt. Ich bin keine dieser Frauen, die dem Vernehmen nach während der Nacht alle Probleme dieser Welt wälzen.

Wahrscheinlich kennen Sie das als Frau. Ich bin aber keine Frau, ich bin ein Mann. Und ich kann nicht schlafen, weil ich jetzt auch ein Problem habe. Es ist nur eines, doch das ist schon mehr als genug. Mein Problem heißt: Welches ist der achte Sinn? Warum weiß ich das nicht? Werde ich senil, jetzt schon, in meinem Alter?

Ich liege im Bett, blicke zur Zimmerdecke und ärgere mich. Ich ärgere mich, weil ich dieses Problem nicht lösen und weil ich im Dunkeln die Zimmerdecke nicht sehen kann … Halt! Sehen, der erste Sinn. Bingo! Jetzt habe ich den Lösungsweg: Ich brauche nur alle Sinne aufzuzählen, irgendwann bin ich beim achten – und kann beruhigt einschlafen.

Also: Der erste Sinn ist Sehen, der zweite Hören. Die beiden Sinne nützen mir aber zurzeit nichts, denn hier im Schlafzimmer ist es stockdunkel und still ist es auch, weil gerade kein Nachtbus, keine Feuerwehr und auch kein Rettungshubschrauber vorbeikommen.

Nicht abschweifen. Der dritte Sinn: Schmecken. Diesen Sinn fühle ich gerade auf der Zunge, weil ich heute Abend beim Griechen war. Ich hatte Gyros gegessen. Warum hat Gyros so einen ekligen Nachgeschmack? Und dann dieser Knoblauchgeruch!

Geruch, der vierte Sinn. Ich schnuppere im Schlafzimmer herum. Es riecht nach Knoblauch mit einer Beimischung von Nachtschweiß. Vielleicht sollte ich mal die Bettwäsche wechseln. Also, um ehrlich zu sein: Den vierten Sinn müsste man ausschalten können. Und nur dann einschalten, wenn eine schöne Frau mit einem verführerischen Duft an mir vorbei stöckelt.

Und schon fühle ich den fünften Sinn. Nein, ich fühle ihn nicht, er drängt sich mir geradezu auf. Er drängt sich mir deshalb auf, weil das Etikett in der Schlafanzugjacke im Nacken kratzt. Diese Etiketten in den T-Shirts und den Oberhemden und den Blusen kennen Sie sicherlich auch. Die sind aus bretthartem Material gefertigt und mit ganz engen Stichen so fest angenäht, dass man mit einer kleinen spitzen Schere eine halbe Stunde braucht, um sie rauszutrennen, und danach ist meist ein Loch im Gewebe. Also, von mir aus brauchte es auch den fünften Sinn nicht zu geben. Es sei denn, diese Dame mit dem verführerischen Duft …

Zum sechsten Sinn fällt mir nichts ein. Überhaupt nichts. Null. Welcher ist der sechste Sinn? Vielleicht komme ich deshalb nicht darauf, denke ich jetzt gerade, weil ich ein Mann bin, und der sechste Sinn für Frauen reserviert ist. Und schon weiß ich es: Ganz bestimmt ist es dieser Sinn, der die Mütter blitzschnell in die Knie gehen und die Hände ausbreiten lässt, wenn sich das Baby gerade juchzend von der Wickelkommode schmeißt. Es ist der Vorsorgesinn, der sie zwingt, ihre wertvollen Einzelkinder noch mit Wollunterwäsche zur Schule zu schicken, wenn andere bereits in Sandalen unterwegs sind. Dieser Vorsorgesinn, der wohl noch aus den ungeheizten Höhlenwohnungen der Jungsteinzeit resultiert, ist ein gefährlicher Sinn, denn er führt zu einer gespaltenen Persönlichkeit. Er verleitet Ehefrauen dazu, ihren Männern zu allen möglichen Gelegenheiten *weiche Ware* zu schenken, also flauschige Flanell-Schlafanzüge und kuschelige Schlafsocken, während sie gleichzeitig für Til Schweiger schwärmen, diesen Ober-Macho, der wahrscheinlich niemals Flanell-Schlafanzüge und Schlafsocken trägt. Ganz sicher trägt er überhaupt keine Bekleidung im Bett außer manchmal viel zu enge Boxer-Shorts.

Der siebte Sinn ist kein Problem für mich. Ich kenne ihn und ich habe ihn. Er wächst dem Autofahrer mit den Jahren fast automatisch zu und befähigt ihn, ein paar Sekunden weit in die Zukunft zu blicken. Dieser Sinn sorgt dafür, dass man bereits das Tempo verringert und Abstand hält, bevor dieser Vollidiot vor uns völlig unmotiviert und ohne erkennbaren Grund eine Vollbremsung macht und einen Haken nach links über den durchgezogenen, weißen Strich schlägt. Natürlich ohne den Blinker zu setzen, Hasen haben ja auch keinen Blinker. Nach diesem Sinn ist sogar eine Fernsehserie benannt worden.

Bleibt noch der achte Sinn, und das ist jetzt ganz einfach. Es ist der Sinn, der uns Männer die Knie zittern und uns Liebesschwüre stammeln lässt. Wegen dieses Sinns bekommen wir Schweißausbrüche, einen trockenen Mund, das Testosteron schießt uns ins Gehirn. Denn plötzlich steht sie vor uns in ihrer ganzen Schönheit. Nein, es ist nicht die aufregende Frau mit dem verführerischen Geruch. Es ist diese neue, superstarke, elektronisch gesteuerte *Makita*-Schlagbohrmaschine mit Wendelgetriebe und Drehmomentaufsatz auf dem Herstellerregal.

Kurz gesagt: Der achte Sinn ist der Sinn fürs Technische. Das ist ein Alleinstellungsmerkmal der Männer, da kann keine Frau mitreden. Dazu brauche ich eigentlich nichts mehr hinzuzufügen. Oder doch?
Stellen Sie sich einmal die folgende Situation vor: Da sitzt ein Mann vor seinem Motorrad, die Finger ölverschmiert, in der einen Hand hält er einen schmutzigen Lappen, in der anderen einen Schraubenschlüssel. Der Mann sitzt seit einer Viertelstunde da, ohne sich zu rühren, er schaut auf die Maschine, das Gesicht ist entspannt, der Ausdruck etwas dümmlich, wie so häufig, wenn Mann sich unbeobachtet fühlt. Was denkt sich eine Frau bei diesem Anblick? Wie kann man nur so blöde glotzen, denkt sie, passt ja alles zusammen: Ne dicke Harley aufm Hof, aber nix in der Birne.

Gaaaanz falsch! Dieser Motorradschrauber denkt. Er hat seinen achten Sinn eingeschaltet. Das hat nichts mit diesen Entspannungsübungen wie Yoga, autogenes Training, Meditation oder Feldenkrais zu tun, bei denen man regelmäßig einschläft. Dieser Mann hier ist hoch-kon-zen-triert. In Gedanken kriecht er durch die Brennstoffleitung, sucht die Zylinderwände nach Beschädigungen ab, befühlt die Kolbenringe, dreht an den Ventilsitzen, zwängt sich durch den Vergaser und prüft von innen alle Dichtungen, Schrauben und Muttern auf Verschleiß und festen Sitz. Und dann, zum Schluss, weiß er, warum der Hobel nicht läuft. Das, meine Damen, ist der achte Sinn, der Sinn fürs Technische, der dafür sorgt, dass wir mit glänzenden Augen Autokräne und Hochglanzkarossen verfolgen und dass wir uns wünschen, das Paradies wäre so etwas wie ein riesiger Baumarkt.

So, nachdem das jetzt geklärt ist, kann ich endlich schlafen. Sofern der fünfte Sinn und dieses Schlafanzugetikett es zulassen.

Stefanie Heggenberger

Dieser Moment

»**W**illst du stillen oder die Flasche geben? Stoffwindeln oder die Wegwerfversion?«

»Keine Ahnung, was ist denn besser?« Sarah rollte mit den Augen, was ihrer Mutter eindeutig missfiel.

»Also ich persönlich finde, dass Stillen das Beste für dein Kind ist, aber wenn du so bald wieder arbeiten gehen willst, dann wäre das Fläschchen auch eine gute Alternative. Die Entscheidung liegt selbstverständlich bei dir allein. Ich habe dir hier einen dieser Elternratgeber mitgebracht. So langsam solltest du dich genauer informieren und deine Entscheidungen fällen. Das Baby kommt jeden Moment«, mahnte sie ihre Tochter.

»Mama, ich möchte jetzt nicht weiter darüber diskutieren. Dieses Kind hat sowieso keine gute Zukunft mit so einer Mutter wie mir, da ist es auch völlig egal, welche Milch es bekommt.« Sarah ließ die Schultern hängen und wandte ihren Blick ab.

»Du wirst das schaffen, aber wenn du dich so hängen lässt, machst du es dir auch nicht einfacher. Es gibt einige Frauen in deiner Lage und die meistern ihren Alltag prima«, versuchte ihre Mutter sie aufzubauen, doch Sarah bekam in letzter Zeit alles in den falschen Hals.

»Schön, dass andere das alles hier so super schaffen, aber ich bin nun mal nicht eine dieser Supermamas. Ich möchte jetzt, dass du gehst. Papa wird bestimmt sauer, wenn er bemerkt, dass du bei mir bist.« Zornig schob sie ihre Mutter aus der Tür, die nur widerwillig ging. Knall.

Erst einmal durchatmen. Der kleine Quälgeist bemerkte ihre Aufregung und gab ihr einen kräftigen Tritt in die Rippen. Entnervt ließ sich die schwangere Frau auf die Couch fallen und horchte in sich hinein. Jetzt wurde das Baby ganz ruhig. So ist es gut.

Als die junge Frau ihre Augen wieder öffnete, fiel ihr Blick auf den Ratgeber. Auf dem Cover war eine dieser Bilderbuchfamilien abgebildet. Vater, Mutter und Kind, die ihr schönstes Lächeln aufgesetzt hatten. Sie vermittelten den Eindruck, dass Kindererziehung so leicht wie ein Spaziergang wäre. Klar, die beiden waren ja zu zweit, im Gegensatz zu ihr. Sie war einsam und allein mit ihren Problemen und Fragen, die sie mehr und mehr aufwühlten.

Je näher der errechnete Geburtstermin rückte, umso unsicherer wurde Sarah. Beim Versuch, ihr Handy aus der Handtasche herauszukramen, fiel ihr der Mutterpass auf den Fußboden. Dabei landete das erste Ultraschallbild vor ihren Füßen. Sie hob es auf und betrachtete es zum gefühlten tausendsten Mal aus sämtlichen Perspektiven.

Plötzlich schweiften ihre Erinnerungen an den verhängnisvollen Tag zurück, als sie jenes Abbild ihres Kindes überreicht bekommen hatte. Mit Unterleibsschmerzen war sie in die Praxis gekommen. Herzlichen Glückwunsch, es ist ein Junge, hatte Dr. Merck zu ihr gesagt. Geschockt hatte sie sich Vorwürfe gemacht. Sie hätte es doch erahnen müssen, dass da etwas in ihr heranwuchs. Möglicherweise war es auch geschickte Verdrängung gewesen. Wenn sie es jetzt aus dieser Perspektive betrachtete, gab es ja einige Anzeichen. Die morgendliche Übelkeit, die vielen Kopfschmerzen und nicht zuletzt dieses Zucken in ihrem Unterleib. Sie hatte es wohl einfach nicht wahrhaben wollen, dass sich damit ihr Leben rapide ändern würde. Viele Frauen in ihrer Situation hätten den Arzt wohl vor Freude umarmt, aber nicht Sarah. Ihre Pläne gingen zu dieser Zeit in eine völlig andere Richtung. Doktorarbeit und anschließend Eröffnung einer eigenen Praxis standen auf dem Plan. So hatte es auch ihr Vater für sie vorgesehen. Jahrgangsbeste war sie in der Abiturprüfung gewesen und auch das Studium lief wie am Schnürchen. Die beste Basis für eine angehende Chirurgin.

Mit diesem einen Satz, den der Doktor zu ihr gesagt hatte, brach dieses wunderbar perfekte Leben in sich zusammen. Jahrelang hatte sie der Männerwelt abgeschworen, bis zu dieser einen Studienfeier, auf der sie ihre Disziplin ein einziges Mal über Bord geworfen hatte. Die Freude über die letzten Prüfungsergebnisse war zu groß gewesen, um zu Hause zu sitzen. Damals war sie der Meinung gewesen, dass all die Mühe belohnt werden musste mit ein, zwei Gläschen Sekt. Ein fataler Fehler. Nach dem zweiten Gläschen waren alle Hemmungen der letzten Jahre gefallen. Sie hatte diesen unglaublich gut aussehenden Mann entdeckt und auch er umwarb sie förmlich den ganzen Abend. Er hatte darauf bestanden, sie heil nach Hause zu bringen und dort angekommen, bat sie ihn noch auf einen Kaffee herauf. Doch zum Kaffee trinken kamen die beiden nicht, so überwältigt waren sie von ihrer Leidenschaft.

Der Morgen danach holte sie wieder auf den Boden der Tatsachen zurück. Sie wachte allein und völlig verkatert in ihrem Bett auf und musste das Chaos in ihrem Kopf erst einmal ordnen. Nach ein paar Tagen war die Sache auch vergessen und sie machte sich wieder an die Arbeit im Krankenhaus. Einige der Ärzte waren ausgefallen und somit mangelte es ihr nicht an Beschäftigung. Jeden Abend fiel sie erschöpft in ihr Bett, wenn sie es überhaupt nach Hause geschafft hatte. Einige Nächte hatte sie im Krankenhaus verbracht, um Zeit zu sparen. Die Übelkeit, die nach einigen Wochen auftrat, schob sie auf Ermüdungserscheinungen und den Stress, dem ihr Körper ausgeliefert war. Eine Schwangerschaft war völlig ausgeschlossen. Zum Zeitpunkt des schicksalhaften Arztbesuchs war sie bereits in der 20. Schwangerschaftswoche. Das bedeutete, das Thema Abtreibung konnte nicht mehr in Erwägung gezogen werden. Somit wurde ihr die Beichte bei den Eltern nicht erspart. Sie fühlte sich wie ein kleines Kind, das seinen Eltern eine Dummheit erklären musste und anschließend bestraft wurde. Nur mit konsequentem Durchgreifen bleiben Kinder auf der Spur, war die Devise, die ihr Vater auch heute noch vertrat. Obwohl sie doch längst kein Kind mehr war. Um nicht direkt in ihre enttäuschten Gesichter blicken zu müssen, entschloss sich Sarah dazu, das verhasste Ultraschallbild per Post an die beiden zu senden und einen Anruf abzuwarten.

Zu ihrer Überraschung kam ihre Mutter daraufhin eine Woche später persönlich vorbei und es war keine Spur von Enttäuschung in ihrem Gesicht zu sehen. Mit einer Umarmung wurde Sarah begrüßt und die beiden gingen in ein Café. Sarah war erleichtert über diese Reaktion, auch wenn es ihr mittlerweile lieber gewesen wäre, wenn ihr einige dieser Ratschläge erspart geblieben wären. Jeder dieser gut gemeinten Tipps machte sie noch ratloser, als sie sowieso schon war.

Mühsam hatte sie sich in den letzten Wochen mit der Idee angefreundet, bald die Verantwortung für einen Säugling zu übernehmen, anstatt Karriere zu machen. Täglich hatte sie sich hinter ihren Laptop geklemmt. Das World Wide Web war voll von Informationen über finanzielle Unterstützungen. Die Anträge hatte sie besorgt. Das war noch die leichteste Aufgabe gewesen. Was ihr jedoch niemand beantworten konnte, waren Fragen wie: Soll das Kind mit in ihrem Bett schlafen oder ein eigenes bekommen? Ebenso ratlos war sie bei dem Thema Kinderwagen oder Tragetuch? Selbst in den Foren, in denen viele Frauen über diese Themen diskutierten, gingen die Meinungen weit auseinander.

Ein Tritt in Sarahs Rippen riss sie aus ihren Gedanken. »Was hast du denn?«, fragte sie in einem ruhigen Ton. Sie sprach oft mit ihrem mittlerweile riesengroßen Bauch.

In einer Woche war der Tag, an dem dieses kleine Wesen in diese grausame Welt geboren werden sollte, zumindest laut wissenschaftlicher Berechnungen.

Versteif dich nicht so auf diesen Tag, hatte ihre Mutter ihr immer wieder gesagt, er kann auch früher oder später kommen. Bei dem Gedanken an die Schmerzen, die diese Geburt wohl mit sich bringen würde, drehte sich ihr Magen um. Schlimm war es, dass es keine greifbaren Vergleichsmöglichkeiten gab. Nach ihrer Mutter kam es sehr starken Regelschmerzen am nächsten, doch Sarah hatte in ihrem Praxisjahr in der Klinik oft Frauen stundenlang schreien hören und das hörte sich deutlich schlimmer an. Lass es auf dich zukommen, meinte ihre Mutter zu diesem Thema. So sollte es geschehen. Sie hatte sowieso keine andere Wahl.

In den kommenden Tagen besorgte Sarah die fehlenden Dinge, die auf der von ihrer Mutter angefertigten Liste übrig waren. Sie hatte sich fürs Fläschchen entschieden, da sie sichergehen wollte, dass ihr Sohn genug zu trinken bekommt. Ein Kinderzimmer bekam sie von den Kollegen gesponsert, die alle zusammengelegt hatten. Sie war stolz auf sich, denn nun hatte sie alles erfüllt, was man von ihr verlangte. Auf dem Heimweg stieg sie in den Bus und wollte sich gerade auf einen freien Platz setzen, als sie unvorbereitet einen Schmerz in ihrem Unterleib spürte. Wie ein Blitz durchbohrte er sie. Sie hielt kurz inne und atmete durch. Als sie gerade dabei war, beruhigt aufzuatmen, verspürte sie einen starken Druck, der plötzlich nachgab. Platsch. An ihren Beinen lief es hinunter. Völlig perplex betrachtete sie die riesige Pfütze auf dem Boden. Na toll, jetzt war auch noch ihr neuer Rock versaut. Einige Fahrgäste hatten das Spektakel beobachtet und baten den Busfahrer, anzuhalten. Hektisch griff eine ältere Dame zum Handy und verständigte den Notarzt. Eine andere Mitfahrerin ging auf die junge Frau zu und sagte: »Legen Sie sich auf den Boden. Ihre Fruchtblase ist geplatzt.«

»Wie bitte? Aber der Termin ist doch erst in zwei Tagen. Ich bin noch nicht so weit. Stoppen Sie das«, presste Sarah gequält hervor.

»Hören Sie zu, Sie müssen das schaffen. Ihr Kind ist bereit. Es gibt kein Zurück mehr. Mein Name ist Anna und ich bin vom Fach. Sie können mir also vertrauen. Erlauben Sie mir einen Blick? Ich muss sehen, wie weit ihr Kind nach unten gerutscht ist.« Die Frau zeigte auf Sarahs Unterleib und diese beschloss, sich Anna anzuvertrauen. Behutsam zog sie die klatschnasse Unterhose hinunter und tastete sich vor. »Ein bisschen Zeit haben wir noch. Ich denke, der Krankenwagen wird uns rechtzeitig erreichen. Wichtig ist nur, dass Sie die Wehen wegatmen. Ganz ruhig. Sie können das.«

»Das womöglich schon, aber die schwerste Aufgabe kommt doch erst danach. Woher soll ich wissen, was er braucht? Er wird weinen und ich werde nicht wissen, warum und wie ich ihm helfen kann.«

»Da kann ich Sie beruhigen. Sie müssen das gar nicht wissen. So etwas kann man nicht aus Lehrbüchern studieren. Mütter haben dafür den achten Sinn«, antwortete Anna einfühlsam.

»Davon habe ich ja noch nie gehört. Ich kenne nur die üblichen wie Geruchs-, Geschmacks-, Tastsinn und so weiter.«

»Diese Ansicht ist veraltet. Das will die Wissenschaft nur noch nicht zugeben. Es gibt ihn, diesen Sinn. Sie werden es merken, wenn das alles hier vorbei ist und Sie die Belohnung für Ihre Schmerzen in den Armen halten. Vertrauen Sie mir und sich selbst.«

Die Sirenen des Krankenwagens näherten sich. Jetzt ging alles ganz schnell. Die Sanitäter legten die sich vor Schmerzen krümmende Frau auf eine Liege und sausten ins nächstgelegene Krankenhaus. Sarah nahm den Trubel um ihre Person kaum noch wahr. Sie dachte nur an die Worte von Anna. Langsam begann das injizierte Schmerzmittel zu wirken und Sarah bekam den Willen, ihrem Baby auf die Welt zu helfen. Sie hatte neuen Mut geschöpft und entwickelte ungeahnte Kräfte. Sarah befolgte jegliche Anweisungen, die sie von der Hebamme bekam.

»Und jetzt ein letztes Mal pressen, Frau Schmid. Sie machen das ganz toll!«

Plötzlich wurde es still. Die Anspannung und der Schmerz ließen abrupt nach.

Da war er. Der bezauberndste Schrei, den die junge Frau je gehört hatte. Sie warf einen Blick in die Richtung, aus der dieses wundervolle Geräusch kam, und sah diesem kleinen zerbrechlichen Wesen genau in die Augen. Die Welt blieb für einen Moment stehen. Jetzt wusste die frischgebackene Mama, dass Anna recht hatte. Es gab ihn, den achten Sinn, und er sagte ihr, dass Joshua darauf wartete, in ihre Arme genommen zu werden.

Volker Maaßen

Mondbrand

Ich bin krank
sprach der Mond

Das ist mir bekannt
so ist Sonnenbrand
und für Sonnencreme
ist es jetzt zu spät

Da macht er Diät
war schnell schlank
und auch bald
nur noch halb
und verschwand

Patricia Tippenhauer

Der Rabe

Albert Einstein starb drei Wochen nach meiner Geburt und Steve Jobs erblickte vier Tage vor mir das Licht der Welt. Was lernen wir daraus? Am liebsten nichts. Es liegt mir fern, mich mit diesen gesellschaftsrelevanten Persönlichkeiten vergleichen zu wollen, doch minimale Parallelen scheinen mir durchaus erwähnenswert.

Ich bin siebenundfünfzig Jahre alt, habe ein fotografisches Gedächtnis, eine athletische Figur ohne ein Gramm Übergewicht sowie eine angeblich chronische Schuppenflechte hinter den Ohren, deretwegen ich bereits etliche Hautärzte abgeklappert habe. Sämtliche Salben, Cremes, Tinkturen und Pillen auf dem Pharmamarkt ausprobiert, ohne Erfolg. Da kommt Skepsis auf. Besonders nach dem letzten Versuch bei einem renommierten Professor und Hautspezialisten. Kaum einen Satz gesprochen, unterbrach er mich und meinte, ich solle mir erst mal die langen Haare schneiden lassen und dabei auf Läuse achten. Der Penner. Ich trage teure Anzüge und meine schulterlangen Locken mit Stolz. So verlaust kann ich gar nicht aussehen. Warum sonst setzen sich junge Frauen in der S-Bahn in meine Nähe, wenn ich am Wochenende mal wieder Überstunden gekloppt habe bis spät in die Nacht. Und Schulkinder flüstern sich bei meinem Anblick *Einstein* zu. Ihre Blicke sind eher ehrfürchtig, zeugen keinesfalls von Angst vor eventuellen Läusen. Außerdem: Ich habe noch nie Läuse gehabt. Flöhe, das ja. Weil meine Mutter bei der Heilsarmee war und jede Gelegenheit nutzte, arme Seelen von der Straße mit nach Hause zu bringen. Eine von denen hatte die Viecher eingeschleppt und es dauerte ewig und drei Tage, bis wir die los waren. Darum achtete Mutter auch auf extreme Reinlichkeit bei uns. Als Kind nervten mich ihre hygienischen Prozeduren, doch als Erwachsener habe ich sie beibehalten. Mir also zu sagen, meine langen Haare könnten ein Nistplatz für Läuse sein, war so ziemlich das Erbärmlichste, was man mir vorwerfen konnte. Ein Gutes hatte das Ganze, denn daraufhin hatte ich angefangen zu recherchieren und zu experimentieren. Schließlich ließen Waschungen aus kolloidalem Silber, eine Darmreinigung mit ozonisiertem Olivenöl und Behandlungen mit einem Blutzapper das Ekzem auf Nimmerwiedersehen verschwinden. Kein Scherz! Das ist jetzt einige Jahre her. Seitdem misstraute ich den Göttern in Weiß und dachte: Von euch kriegt mich keiner mehr in die Finger!

Doch es kommt ja bekanntlich anders, als man denkt. Erst waren zwei Kollegen erkrankt. Wir spekulierten, der Auslöser könnte ein chemisch verseuchtes Teil aus der Müllverbrennungsanlage oder dem Atomkraftwerk gewesen sein. Manchmal haben wir ja erst im Nachhinein erfahren, wie hochgradig belastet bestimmte Materialien waren, die wir mit bloßen Händen anfassten. Handschuhe tragen nur Weicheier, haben wir gelacht. Doch Fakt ist, man kann in der Maschine mit denen hängen bleiben. Das würde einem glatt die Hand abreißen! Okay, wir sind leichtsinnig gewesen, hätten vielleicht vorsichtiger sein sollen. Die Evidenz erhärtet sich jedenfalls, dass der Krebs aus der Firma stammt. Dabei habe ich dem Chef immer wieder gesagt: »Wenn mir wegen toxischen Materials was passiert, mache ich Sie pleite!« Aber dem Betrieb Fahrlässigkeit nachzuweisen würde schwer. Ole und Heinz haben zwar seltenen Blutkrebs, aber verschiedenen, und ich habe was ganz anderes: Bauchspeicheldrüsenkrebs.

Mit dieser Diagnose sei nicht zu spaßen, meinte der Chirurg kopfschüttelnd auf meine Frage, ob es sich überhaupt noch lohne, eine Langspielplatte zu kaufen. Humorloser Typ. Als ob ich nicht ahnte, was auf mich zukommen könnte. Hatte seit der Diagnose und anschließenden Biopsie alles an Infos gegoogelt, was erfahrbar war. Es schien keine sinnvollere Alternative zu geben als den Versuch einer Resektion. Die OP würde kein Spaziergang, versprechen könne er auch nichts, aber er gehöre deutschlandweit zu den wenigen Spezialisten auf dem Gebiet und traue sich die OP zu. Weihnachten könne ich wahrscheinlich schon zu Hause feiern. Mir hat nie was an Weihnachten gelegen. Aber die Klinik lag um die Ecke. Darum, und um meines geliebten Weibes willen, hatte ich zugestimmt. Es sagt seit der Diagnose häufiger als sonst, ich sei ein toller Typ und dass es noch länger mit mir leben will. Kann ich ihm nicht verdenken. Sehe ich genauso. Am Freitag nach der Biopsie war ich entlassen worden. Wir schöpften Hoffnung. Warum entließen die mich? Vielleicht war der Tumor, der laut MRT 6,2 Zentimeter groß war, gar nicht bösartig. Doch am Montag kam der Anruf. Zwölf von 26 Lymphknoten befallen. Einweisung zu Mittwoch fertigmachen lassen. Donnerstag wird operiert. Mein Weib heulte die doppelte Menge an Tränen wie ich. Sicher aus Angst um mich und über die düsteren Zukunftsaussichten, aber bestimmt auch über meine Tränen, da es mich noch nie weinen gesehen hatte. Eng umschlungen lagen wir die ganze Nacht wach und redeten. Als die trübe Wintersonne gegen Mittag das zarte Geäst der Linde ans Fenster malte, sagte ich: »Komme, was wolle, am Ende wird alles gut! Und wenn es nicht gut wird, dann war es wohl noch nicht das Ende.«

Ich höre Stimmen. Geflüster. Aus weiter Ferne dringt es durch dichten Nebel in mein Hirn. Wortfetzen. Unverständliche. Zwischendurch piept was. Warum flüstern die? Ihre Stimme. Eindeutig. Mit wem redet sie? Die Augenlider einen winzigen Schlitz öffnen, so anstrengend. Ah, der Chirurg. Wollen sie mir etwas verbergen oder flirtet sie etwa mit dem Kerl? Was die sich einbildet. Sieht mindestens zehn Jahre älter aus. Grau und hässlich. Blöde Kuh. Sieht mich wohl schon mit einem Bein unter der Erde. Geschenkt, Baby, ich komme hier lebend raus! »Bauchspeicheldrüse nicht komplett raus genommen, aber Milz entfernt«, schnappe ich auf. »Versehentlich eine Arterie gekappt.«

Was sagt er da? »Tumor fatal nah an Leberarterie, Pech.« Meint er mich? Da ist doch irgendwas schief gelaufen!

»Komplikationen. Heilungschancen schlecht, wenn überhaupt ...«

Was bedeutet das alles? Schöne Scheiße. Halten Sie verdammt noch mal die Fresse!

Keine Kraft, den Mund aufzumachen. Schlafen. Ich will schlafen! Schlafen und aufwachen aus diesem Albtraum. Wieso diese rasenden Schmerzen in den Schultern? Die Narbe müsste doch am Bauch sein! Dieser Schmerz macht mich irre! Sie fragt. Klugscheißerin. Woher will sie wissen, was mir wehtut? Was mischt sie sich ein? Lass mich ihm selbst sagen, was ich von ihm und diesem Saftladen halte! Das will ein Chirurg sein? Schlachter! Schnippelt mir *versehentlich* eine Arterie durch und ist nicht mal in der Lage, meine Schmerzen in den Griff zu kriegen. Stümper! Meine Zunge, ein dicker pelziger Klumpen, gehorcht nicht. Scheiße. »Kommt vom CO_2, mit dem wir ihn während der OP aufpumpen mussten«, sickert in mein Gehirn. Wie konnte ich so blöd sein und mich von dem einlullen lassen? Jetzt bin ich hilflos ausgeliefert. Und sie behandelt mich obendrein wie ein Kind. Ich hasse das. »Er bekommt schon sehr hohe Dosen an Morphium und Opiaten. Die wollen wir nicht erhöhen. Sie möchten doch sicher nicht, dass er abhängig wird!« Das ist mir so egal, Mann, ich will nur diese wahnsinnigen Schmerzen loswerden! Was sagt sie da? Ihr ist schnurz, ob ich abhängig werde. Wie ist die denn drauf? Scheiß Trip. Gebt mir LSD! Mit dem Zeug konnte ich früher wenigstens herrlich lachen. Hahaha! Da löst sich die Zunge. »Herr Doktor, darf ich vorstellen: meine Mutter!« Stille. Na, geht doch. Ich spüre ihre Lippen an meiner Wange. Hm, dieser wunderbare Geruch. So vertraut wie eine weiche warme Wolljacke. Wie heißt das Parfüm doch gleich? Hat mein Gedächtnis gelitten unter der langen OP? Soll vorkommen, las ich. Dass Frauen nie ihre Klappe halten können! Warum ich so garstig zu ihr sei, fragt sie. »Er ist sonst so liebevoll, so ganz anders als jetzt.« Weil du nervst, denken. »Völlig normal, liegt an den Drogen, keine Sorge, das geht vorbei.«

Es ist vorbei, bye-bye Junimond. Ha, wenn Sie wüssten, was die sich für Sorgen macht, denken. Dabei will ich gar nicht denken. Ich brauche Ruhe! Ruhe, um meine Gedanken ordnen zu können. Hm, dieser Geruch. Ich will gesund sein und wieder stark genug sein für Sex. Sex? Gar nicht auszudenken. Geh mir weg mit Sex! Einfach neben ihr liegen. Diesen Geruch in der Nase. *Organza* von *Givenchy*! Ja, das ist es! Mein Gehirn funktioniert! Mist! Warum muss das ausgerechnet mir passieren? Aber würde ich das einem anderen wünschen? Natürlich nicht. Dann muss ich da wohl durch.

Weihnachten im Krankenhaus zu verbringen, ohne Schmerzen, mit weniger Drogen und klarer im Kopf, war ein schönes Geschenk. Ein

Onkologe hat mich besucht und so schnell wie möglich zu einer Chemotherapie geraten. Nichts da, habe ich geantwortet, doch geschluckt, als er mir ohne Chemo eine düstere Zukunft ausmalte. Wäre ich allein gewesen, ich hätte ihm *Scheiß drauf* gesagt. Doch meine Traumfrau stand neben mir und weinte. Hat nahe am Wasser gebaut. Aber mir war auch zum Heulen zumute. Nicht meinetwegen, sondern weil sie mir leidtat. Da hatte ich sie aus Spanien nach Deutschland geholt und mir vorgenommen, mich um sie zu sorgen, und nun? Nun bin ich schwer krank und sie muss mich erst mal pflegen, bis ich wieder gesund bin. Oder, was wahrscheinlicher ist, bis ich krepiere. Wenn nicht noch ein Wunder geschieht. Sie sagt, dass sie an Wunder glaubt. Schon wegen der Art, wie wir uns kennenlernten. Übers Internet. Für mich ist das Internet höchstens ein Wunder der Technik. Und dass ich sie ein Jahr lang jeden Monat in Spanien besuchte, bis sie endlich zu mir nach Hamburg zog, lag eher daran, dass ich sie wollte und keine andere.

Das war vor fünf Jahren. Vor zwei Jahren haben wir geheiratet und eine ihrer zwei Töchter plant gerade, zu uns zu ziehen. Sie ist neunzehn und echt der Hammer. Dabei habe ich nie eigene Kinder gewollt. Hatte deswegen schon vor Jahren eine Vasektomie vornehmen lassen. Aber diese Kleine könnte meine biologische Tochter sein. Echt witzig. Sätze, die ich beginne, kann sie beenden, und umgekehrt. Und das, obwohl sie nur gebrochen deutsch spricht. Sie und ihre vier Jahre ältere Schwester haben eine eigene Meinung und lassen sich die Butter nicht vom Brot nehmen. Solche Frauen mag ich um mich haben. Und das Beste: Sie himmeln mich an! Wer hätte das gedacht. Ich glaube also nicht an Wunder, aber ich werde kämpfen! Allein schon ihretwegen. Darum wollte ich mir wenigstens anhören, wie hoch die Überlebenschancen mit Chemotherapie liegen, wie die Lebensqualität einzuschätzen ist und welche Inhaltsstoffe benutzt werden. Das ist Ihr gutes Recht, hat der Onkologe zugestimmt. Und dass er sich darüber freue, einen skeptischen Menschen vor sich zu haben, der eine Therapieform hinterfrage. Doch habe er jetzt keine Zeit dafür, er würde mich gern zu einem späteren Zeitpunkt in seinen Räumlichkeiten informieren. Wir legten den Termin fest und meine Liebste fuhr mich drei Wochen nach meiner Entlassung dorthin.

Es ist klirrend kalt und ich fühle mich hundeelend, aber im Auto neben ihr zu sitzen ist toll. Ein Marienkäfer krabbelt über das Armaturenbrett. Wo kommt der denn her? Mitten im Winter. So rot und so schwarz. Weiß treten die Knöchel ihrer Hände hervor, die das Lenkrad umklammert halten, die Muskeln ihrer Oberschenkel tanzen beim Kuppeln, Gas geben oder Bremsen, konzentrierter Blick in bleiches Profil gemeißelt. Sie lächelt mich an. »Alles gut?«, fragt sie. Ich nicke, lege wie gewohnt die Hand auf ihren Oberschenkel und sehe nach vorn. Sie hält an einer roten Ampel. Ein riesiger Rabe mit grauem Brustgefieder hockt darauf, legt den Kopf schief und sieht mir direkt in die Augen.

»Hey Baby!«, grüße ich ihn.

»Wie du diese Aasfresser nur mögen kannst«, sagt sie.

»Weil die mir ähnlich sind und mehr wissen, als wir denen zutrauen«, sage ich.

Im Gesicht sicher so weiß wie der Kittel der Schwester, die hastig Papiere auf einem überladenen Schreibtisch ordnet, ohne aufzuschauen meinen Namen erfragt und erfährt. Sie blickt auch nicht auf, während sie auf die rechte Stuhlreihe im Raum deutet. Der gegenüber ist eine weitere angeordnet. Vier Patienten hängen dort am Tropf. Sie bittet mich, auf dem Stuhl mit meinem Namen Platz zu nehmen und den rechten Arm frei zu machen, es gehe sofort los. Meine Traumfrau sieht mich eindringlich an, hebt eine Braue und drückt mir fest die Hand. »Bleib ruhig, Schatzi!«, signalisiert sie damit. Normalerweise bin ich ein cooler Typ. Die Ruhe selbst. Es gibt wirklich nur wenige Dinge, die mich auf die Palme bringen und ich weiß, dass sie die kennt. Sie weiß noch etwas, was nicht einmal ich wusste, bis sie es mir sagte. Eine Ader an meiner Schläfe schwillt an, wenn ich wütend werde. Ihrer Reaktion nach musste die ziemlich geschwollen sein.

Mit verhaltener Stimme frage ich die Schwester: »Wo ist Dr. Soundso?« Den wirklichen Namen möchte ich nicht nennen. Namen sind Schall und Rauch. Mag Dr. Soundso hier stellvertretend für viele Onkologen stehen, denen das Wohlergehen ihrer Patienten weniger wichtig ist als das Geld, das sie mit Chemotherapien an ihnen verdienen. Nun war die Schwester sicher nicht gewohnt, einen wie mich vor sich zu haben. Kannte vielleicht alle Krebspatienten als gefügig. »Dr. Soundso ist im Urlaub«, antwortet sie daher schnippisch, und dass er Anweisungen da gelassen habe, nach denen sie die Chemo-therapie vorbereitet habe und nun möge ich mich bitte beeilen, denn nach mir erwarte sie weitere Patienten und bräuchte meinen Platz. Normalerweise hätten drei kurze Sätze gereicht, um diese Schlampe mundtot zu machen. Doch ich stehe da wie angenagelt und meine Gedanken laufen Amok. Ich atme scharf ein, versuche den Satz der Sätze zu formulieren, doch schon höre ich meine Traumfrau sagen: »Sie meinen, in diesem Saustall ist momentan kein Arzt zuständig, um meinen Mann wie vereinbart über Wirkungsweise und Inhaltsstoffe dieser chemischen Bombe zu informieren?« Der Angesprochenen klappt der Unterkiefer runter. Ein Zettel gleitet aus ihrer Hand und segelt wie ein herbstliches Blatt zu Boden. Sie lässt es dort liegen und vergewissert sich mit einem nervösen Blick in die Runde derer, die sich artig ihr mutmaßliches Lebenselixier intravenös verpassen lassen, welchen Eindruck diese Worte auf die Patienten gemacht haben. Belämmerten Schafen gleich schauen sie zu uns herüber.

Es gab ein ziemliches Theater, nachdem die Schwester eine blutjun-ge Ärztin auftrieb, die uns in ein Zimmer drängte und anzischte, was uns einfiele, die armen Patienten mit idiotischen Verschwörungs-theorien zu verunsichern. Ich rückte meiner Traumfrau einen Stuhl zurecht, setzte mich neben sie und grinste die attraktive Blondine ent-spannt an, die, angesichts der Tatsache, dass wir so bald nicht gehen wollten, Richtung Schreibtisch rauschte, sich mit aufgestützten Fingern vornüberbeugte und uns anfauchte: »Was wollen Sie also?«
Gelassen erklärte ich ihr den Grund unserer Anwesenheit. Wie sehr mich überrasche, dass über meinen Kopf hinweg entschieden worden sei, mir eine Chemo zu verabreichen, und ich keinesfalls gewillt wäre, sie mir ohne Information oder gar heute geben zu lassen. Das sei alles. Da ließ sie sich auf ihren Stuhl fallen, atmete tief ein und setzte zu einem wortgewaltigen Schwall ohne Unterbrechung an. Ob ich mir in meinem Zustand überhaupt leisten könne, Zeit zu verschwenden. Was mir das nütze, chemische Inhaltsstoffe zu wissen, die sie natürlich aus

dem Effeff runter beten könne und bei meinem Adenokarzinom des Pankreas seien Gemcitabin in Verbindung mit Oxaliplatin die Mittel der Wahl, was die angebrachte kurative Medikation sei, obwohl die Heilungschancen bei Bauchspeicheldrüsenkrebs eher schlecht stünden, wie ich hoffentlich bereits wisse, aber immerhin sei die Lebensqualität dank Chemotherapie erheblich besser, aber wenn ich vorzöge, die wenige mir bleibende Zeit mit unnützen Diskussionen zu verplempern, sei ich selbst schuld und könne mich gleich um palliative Pflege kümmern, aber sie würde eindringlich zur Infusion raten, um mich und alle Beteiligten zu schonen.

Die Atempause hatte sie dringend gebraucht. Ich nutzte sie, um meiner Traumfrau die Hand zu reichen und mit einer seitlichen Kopfbewegung anzudeuten: Komm, lass uns gehen. Wir standen auf.

»Ich hoffe, Sie sind jetzt überzeugt!«, sagte die Blonde bissig.

»Ja, das bin ich, vielen Dank«, erwiderte ich lächelnd.

»Gut, dann nehmen Sie jetzt endlich Ihren Platz ein.«

Sie schien besänftigt.

»Sie missverstehen. Mir ist gerade Steve Jobs eingefallen. Der hatte doch auch BSDK und schaut sich nach einer Chemo jetzt die Radieschen von unten an, richtig? Wissen Sie, ich gehe lieber nach Hause und verzichte auf Experimente.«

Ihr attraktives Gesicht ähnelte dem tierischen Ausdruck der Patienten mit Nadeln im Arm. Wie sagte Einstein noch? *Um ein tadelloses Mitglied einer Schafherde sein zu können, muss man vor allem ein Schaf sein.*

Anfangs hatte ich mich meinem Bruder anvertraut. Mit dem pflege ich seit vierzig Jahren keinen Kontakt. Aus gutem Grund, wie ich finde, aber hier nicht zum Thema machen will. Doch nachdem mich mein Weib traktierte, ich hätte doch einen Arzt in der Familie und vielleicht sei es Zeit, mich mit der Vergangenheit auszusöhnen, hatte ich mir immerhin seine Webseite angesehen. Als Schulmediziner mit naturheilkundlicher Ausrichtung soll er nach der Clarktherapie sehr gute Erfolge bei Tumorpatienten erzielen. Das klang vielversprechend. Und siehe da, er war hoch erfreut und wollte sofort mit uns skypen. Präsentierte uns Frau und Kinder am Monitor und auch wir stellten uns vor.

Sehr steif das Ganze, aber normal, nach all den Jahren. Er versprach, mir ein Buch von Hulda Clark zu schicken, denn er behandele nur Patienten, die dieses Buch gelesen hätten. Da mache er auch bei seinem Bruder keine Ausnahme. Ich hielt es für überflüssig zu erwähnen, dass ich erwähntes Buch bereits vor sieben Jahren gelesen und mir daraufhin den Blutzapper gekauft hatte. Wegen der Sache mit meinem Ekzem. Er rannte also offene Türen ein.

Ich bin ihm wirklich dankbar für sein Interesse und den Aufwand, den er kurzzeitig mit mir betrieben hat. Meine Sympathie für ihn fand allerdings ein jähes Ende. Es geschah beim dritten Sonntags-Skype. Mein neuer Beschützer hatte mir gerade zu Glutathion geraten, ein Mittel, auf das er schwöre. Es sei für Selbstheilungs- und Schutzmechanismen im Organismus verantwortlich und helfe bei der Reparatur schadhafter DNS. Bei Interesse würde er es sofort absenden, die Rechnung würde er beilegen. Er durfte. Ich bedankte mich artig für den Tipp. Doch dann kam er auf mein Aussehen zu sprechen. Zum ersten Mal saß ich im Bademantel vor dem Laptop, weil ich mich wegen starker Übelkeit im letzten Moment zum Gespräch hatte aufraffen können. Mein Haar war gekämmt, der Bademantel neu und schick. Das sah mein Bruder anders. Er meinte, es sei schlecht für meine Psyche, mich dermaßen gehen zu lassen und überhaupt: meine Haare. Die solle ich mir mal anständig schneiden lassen. Tja, das war's dann. Thema durch.

Einige Monate lang ging es mir erstaunlich gut. Womöglich dank Glutathion. Selbst der neu gesuchte Onkologe staunte. Als ich ihn fragte, ob ich die Gedanken an Beerdigung vorerst ad acta legen könne, meinte er keck: »Ja, aber nicht ganz beiseiteschieben!« Und dann ging alles recht schnell. Meine Jugendfreunde besuchten mich häufiger als sonst. Wir lachten bei Kaffee und Kuchen, den ich schon seit Tagen nicht mehr aß, weil ich trotz Enzympillen alles erbrach, was ich zu mir nahm. Auch Schwester, Schwager, Nichten und Neffen meiner Frau kamen angereist, vielleicht mit dem Gedanken, mich ein letztes Mal lebend zu sehen, vielleicht, um mich aufzumuntern. Meist munterte ich die Anwesenden auf oder gab mir jedenfalls redliche Mühe. War der Besuch gegangen, blieb ich tagelang erschöpft im Bett liegen.

Weckte meine Traumfrau mich mit aufgezogenen Spritzen, fühlte ich mich belästigt. Warum spritzte sie mir das Zeug nicht selbst? Sie musste doch sehen, wie meine Hände vor Schwäche zitterten. Spritzenphobie, jammerte sie, und sie könne und wolle mir nicht noch mehr weh tun. Haha. Aber dann panisch schreien, als ich mit der Nadel im Oberschenkel einschlief! Ich hörte sie lange heulen und dann telefonieren. Später setzte sie sich auf meine Bettkante und sagte, sie habe den Palliativ-Pflegedienst eingeschaltet. Ob sie mich ins Krankenhaus abschieben wolle, fragte ich. Nein, ein Pflegeteam käme zur Unterstützung für Schwerstkranke und deren Angehörige ins Haus. »Gute Idee und dein gutes Recht, Schatzi«, sagte ich.

Meine lichten Momente wurden seltener. Es wurde Zeit, Tacheles zu reden. Wir klärten Bankangelegenheiten und ich erklärte ihr, wie ich wünschte, beerdigt zu werden. Gab ihr den Namen des Beerdigungsinstituts, deren Webseite ich Wochen zuvor abgespeichert hatte. Ich wollte eine Feuerbestattung und meine Asche sollte irgendwo in der Schweiz verstreut werden.

Da rastete mein Traumweib aus. Einäscherung gut und schön, aber was ich in der blöden Schweiz wolle. Die Schweiz sei nicht blöd, sondern neutral und sie kenne doch meine Vorliebe zur Neutralität und möge bitte meinen letzten Wunsch respektieren, wandte ich ein. Sie habe immer meine Wünsche respektiert, aber jetzt verlange ich zu viel von ihr und sie brauche einen Ort in der Nähe, an dem sie an mich denken könne und die Schweiz sei auch nur darum blöde, weil sie sehr weit weg sei. Eben drum, meinte ich, damit du mich eher vergessen kannst. Niemals, sagte sie und sie wolle mich lieber in der Ostsee wissen, wo sie öfter hinfahren würde und an unseren Lieblingsorten könne sie mir näher sein. Nur über meine Leiche, wetterte ich. Wenn das so ist, einverstanden, sagte sie. Dann lachten wir beide und verabschiedeten uns liebevoll voneinander. Nur für den Fall der Fälle und ohne den Abschied wirklich zu wollen.

Der Vorschlag kam von ihrer Chefin. Vor einem Monat erst hatte meine Frau einen Job gefunden. Darüber war ich heilfroh, musste sie sich ja bald allein ernähren können. Und als es mir schlechter ging, hatte diese Chefin meinem Weib geraten, es solle sich krankschreiben lassen, um bei mir bleiben zu können. Das fand ich sehr menschlich. Vielleicht war das der Grund dafür, den Vorschlag ernst zu nehmen. Diese Chefin kenne also einen Heilpraktiker in Wilhelmshaven, der sehr wichtig für mich sein könne, sagte meine Traumfrau und wir sollten ihn doch wenigstens mal anrufen. Ich nickte, bat sie, die Nummer zu wählen und das Zimmer zu verlassen. Der Mann ist klug, das spürte ich sofort. Und sie wird nie erfahren, was ich ihm und er mir sagte, das hat er mir versprochen. Nur so viel erklärte ich ihr später, als dass er sie in Trance versetzen wolle. Vielleicht sehe sie ja dabei etwas, das ihr und mir helfen könne. Darum sagte ich, sie solle zu ihm fahren.

Ich lebte bis Ende September, was heißt, ich überstieg die durchschnittliche Lebenserwartung bei meiner Art von Krebs um mehrere Monate. Und das ohne Chemotherapie. Und, soweit ich gelesen habe, war meine Lebensqualität besser.

Aber ich will nichts beschönigen. Die letzten Wochen waren kein Zuckerlecken. Zwei Mal am Tag kam jetzt jemand vom Hamburger Palliativ-Team und spritzte mir meine Dosis an Morphin gegen Schmerzen und Haloperidol gegen Übelkeit. Zwischendurch inhalierte ich PecFent und meine Traumfrau klebte mir alle zwei Tage ein neues Matrixpflaster Fentanyl auf den Rücken. Drogen über Drogen. Und dennoch krümmte sich mein bis aufs Skelett abgemagerter Körper vor Schmerzen.

Als sie in Wilhelmshaven war, begann ich Blut zu spucken. Auf den Bademantel, den ich im Bett anhatte, und den Fußboden. Es ging mir hundeelend. Mir fehlte die Kraft, den Schwall Blut auf dem Boden zu reinigen. Ich stürzte, als ich aus dem Bett steigen wollte, meine Beine trugen mich nicht. Auf Knien robbte ich in die Küche, packte den Bademantel in die Waschmaschine und robbte zurück zum Bett. Wie lange es dauerte, bis ich mich hochgezogen und hinein gehievt hatte, weiß ich nicht mehr. Nur, dass mir eiskalt war und drei Daunendecken mich nicht wärmten. Ich hörte meine Zähne aufeinander klappern, spürte die Beine zucken, den Magen rumoren, das Herz unruhig pochen. Nur die Füße, die spürte ich nicht.

Gerade noch an Spanien gedacht, liege ich mit einem Mal auf heißem Sand am Strand. Sonne wärmt meine gepeinigten Glieder, die Füße umspült von seichtem Wellenschlag. Ich will gar nicht wissen, wie ich plötzlich hierhin gekommen bin. Will einfach still da liegen und die duftende Meeresbrise genießen. Strahlende Helligkeit umgibt mich; gleißend weiß und golden leuchten Myriaden von Lichtpartikeln. Sie tanzen nach einer einzigartigen Melodie auf einem Regenbogen schillernder Farben mit spektakulären Nuancen. Nie zuvor solch einen Farbenreichtum gesehen! Die melodischen Töne klingen seltsam gedehnt, doch gefällig und bekannt. Eine Mischung aus *Der Weg ins Freie* und *Redukt* mit der Stimme von Blixa Bargeld. Dieser vibrierende Rhythmus tritt in Resonanz mit meinem Körper und bringt ihn zum Schwingen.

Sämtliche Poren meiner Haut öffnen sich. Licht- und Klangpartikel dringen in sie ein. Je mehr mein Körper von dieser melodiösen Lichtschwingung durchsetzt wird, desto gewichtsloser wird er. Die Grenzen meines Leibes beginnen aufzuweichen. Immer mehr werde ich eins mit der Umgebung. Jeglicher Schmerz, alle Schwäche, Ängste und Sorgen, alle Melancholie und aller Weltschmerz fließen dahin. Ein tiefes Gefühl von Frieden, Liebe, Dankbarkeit und Vergebung erfüllt mich mit gelassener Heiterkeit. Und plötzlich ist sie da: die so oft ersehnte Ruhe. Bis auf ein atmosphärisches Knistern, beruhigend wie ein heimeliges Feuer im Kamin, herrscht überwältigende Stille. Silence is sexy, so sexy! Sich jetzt fallen lassen können! Den Sprung ins Leere wagen. Gewichtslos, als wohltönende Melodie, als Klangfarbe in die Unendlichkeit fallen und eins werden mit Wellen, Schwingungen und Licht. Ein Sturz in fremde Dimensionen. Kein Oben, kein Unten, kein Links und kein Rechts, weder Raum noch Zeit setzen Grenzen. Sich in einer Art gebündelter Energie winden wie eine Schlange in Ursuppe, auf der Endlosschleife einer liegenden Acht, ähnlich der Doppelhelix der DNA, dem Äskulapstab, dem Lorenz-Attraktor und den Kundalini-Strängen. Schließlich wie mit magnetischer Kraft in Richtung eines vertrauten Duftes gezogen werden. Sich treiben lassen. Je näher das ungewisse Ziel rückt, sich desto wohler, entspannter und geborgener fühlen. Balsam für meine Seele.

Und da sehe ich sie. Auf der Liege des Therapeuten. Einen Arm in die Luft gestreckt. »Komm zu mir, du großer schwarzer Kalle-Rabe«, sagt meine Traumfrau. Es gelingt, leicht und sanft auf ihrem Unterarm zu landen. Wieso Rabe? Ich sehe an mir hinunter: schwarze Federn und eine grau gefiederte Brust. Wenn sie mich meint, wieso erkennt sie mich?

»Keine Ahnung, warum du mir als Rabe erscheinst, aber ich habe dich durchschaut«, grinst sie. Mich in ihre Armbeuge kuscheln und ihr sagen wollen, wie gut es mir geht. »So wunderbar, dich schmerzfrei und in hellem Licht auf dieser unendlichen Achterbahn zu wissen. Und dass du sofort bei mir sein wirst, wenn ich nur an dich denke«, sagt sie. Worauf du deinen Arsch verwetten kannst, Schatzi, antworten wollen. Sie grinst breit. Ich spüre ihre liebevollen Gedanken und spüre, wie sie die meinen fühlt, während Tränen der Freude das Kopfkissen des Therapeuten nässen.

»Was sagt der Kalle-Rabe?«, möchte der Therapeut wissen.

»Jammerschade«, sagt sie, »nun haben Sie dazwischen geredet und ich habe nicht alles verstanden.«

Manfred Becker

Die Krähe

Was will die Krähe von mir?
Ich kam in den Park, sie verließ ihren Baum, meckerte.
Und seit zehn Minuten begleitet sie mich.
Ich bleibe stehen.
Sie setzt sich auf den Baum nebenan und schaut herab.
Für eine Krähe ist sie sehr groß.
Könnte es vielleicht ein sprechender Rabe sein, der mir das Rätsel
des Lebens stellen möchte?
Ihr Krächzen bewegt mich weiterzugehen, während sie mit leichten
Schwingen zum nächsten Baum fliegt, immer an meiner Seite.
Ein Hund, der mir entgegenkommt, springt verstört in die Büsche,
als der Vogel knapp über seinem Kopf fliegt.
Will er mich beschützen?

An der Straße setzt er sich auf ein Auto und schaut nach links und
rechts.
In dem Moment rast ein Auto mit horrender Geschwindigkeit durch
die kleine Straße.
Mein Vogel fliegt auf die andere Seite.
Ich folge ihm.
Weiß er vielleicht sogar, wo ich wohne?
Er fliegt vorweg.
Wenn ich stehen bleibe, setzt er sich krächzend auf einen Baum.
Ich muss an der nächsten Straße abbiegen.
Als ich durch den Gartenzaun gehe, den ich durchqueren muss,
um meine Wohnung zu erreichen, sitzt mein Freund schon dort.
Was ist es?
Kann er Gedanken lesen?

Mag er mich?

Oder ist es jemand, der mich schon lange kennt?

Er fliegt vorweg durch den Hausdurchgang, den ich passieren muss, und bleibt wieder an der Straße auf einem Auto sitzen.

Als ich die Fahrbahn überquere, fliegt er krächzend auf den Baum, der vor meinem Balkon steht.

Er bleibt jetzt krächzend sitzen, als wenn er mich verabschieden will.

Ich gehe in die Wohnung und als ich den Balkon betrete, werde ich von einem erfreuten Krächzen begrüßt.

Dieser Vogel wohnt immer noch im Baum vor meinem Balkon und begrüßt mich mit einem freundlichen Krah Krah, wenn er mich sieht.

Manchmal begleitet er mich wieder, aber da er nicht mehr allein ist, wird es seltener.

Oft, wenn ich aus dem Küchenfenster schaue, sitzt mein Freund auf der Dachleiste über der Tür unseres Autos. Ich glaube, das muss ich nicht mehr abschließen.

Aber die Frage bleibt: Wer oder was ist damit an meiner Seite?

Ich bin einfach nur glücklich, einen neuen treuen Freund zu haben.

Selbst wenn er nur krächzen kann.

Ich bin am Überlegen, Doktor Dolittle anzurufen!

Die Autoren

Rüdiger N. Aboreas (63) Schriftsetzer, Dipl.-Sozialwirt, Dipl.-Soziologe, Kaufmännischer Betriebswirt für die Druckindustrie (IHK-Diplom), Rentner (ohne Diplom). Rüdiger N. Aboreas sieht sich als Stadtteil-Kulturaktivist. Er ist Begründer des legendären Kulturstammtischs Dulsberg, Begründer der WortFlugZone Hamburg-Dulsberg, Miterfinder des MaiRauschens. Zahlreiche Veröffentlichungen, vor allem in Anthologien. www.aboreas.de, www.wortflugzone.de

Tanja Fürstenberg hat gemeinsam mit Rüdiger Aboreas 2006 das MaiRauschen ins Leben gerufen. 2008 erschien *Schwierige Zeiten* im Booksun Verlag; zahlreiche Veröffentlichungen in Anthologien.
Seit 2012 ist sie freiberuflich tätig als Schreibcoach und Lektorin.
www.textniveau.de

Reimmund Löwenkrebs schreibt seit seinem 18. Lebensjahr. Das weiß er genau, denn damals, als er sein erstes Gedicht schrieb, war er frisch verliebt in die erste und ganz große Liebe seines Lebens. Sie hieß Vita und das war sie damals auch für ihn! Heute, vierzig Jahre später, blickt er auf eine durchaus ungradlinige Autorenvita zurück. 2014 hat er sich entschlossen, Ernst zu machen mit dem Autor-Sein.

Britta Tensfeld-Pauls, geb. 1963 in Hamburg, ist verheiratet und hat eine Tochter. Sie arbeitet als Med.-Techn.-Assistentin. Seit 2004 beteiligt sie sich regelmäßig an Kursen und Workshops für Kreatives Schreiben, u. a. an der VHS-Hamburg. So kam sie zu der Autorengruppe Mörderklüngel. Außerdem ist sie aktiv in dem Autorenzirkel autoricum, ebenfalls aus Hamburg. Neben der Arbeit an den eigenen Texten stehen hier Lesungen unterschiedlichster Art an vielen Hamburger Spielorten auf dem Programm. Veröffentlichungen: Kurzgeschichten u. Gedichte in verschiedenen Anthologien, der Zeitung sowie einer Hörbuch-Anthologie. Im Oktober 2010 erschien die Anthologie *Gepfefferte Weihnachten* des LEDA-Verlags. Hier ist sie mit einer Krimi-Kurzgeschichte vertreten. Im November 2012 folgte ein Online-Auftritt bei: www.morgengold.de (Brötchen-Lieferservice). Kontakt: bri_te_pa@web.de

Yvonne Naumann Jahrgang 1964, Mutter einer ziemlich tollen jungen Frau, ist geboren und aufgewachsen in Leipzig. Nach einem Ingenieurstudium im Anlagenbau arbeitet sie heute im haustechnischen Planungsbereich des Norddeutschen Rundfunks. Ihre Liebe gilt nach wie vor der Lyrik, wobei die Kurzgeschichte immer mehr Raum gewinnt. Zahlreiche Veröffentlichungen von Gedichten und Geschichten, vor allem in Anthologien.
Infos über Lesungen und neue Projekte auf ihrer Homepage:
www.yvonne-naumann.de

Britta Heitmann arbeitet als kaufmännische Sachbearbeiterin und Journalistin im Bereich Schifffahrtshistorik. Ihre Leidenschaft für Kriminalgeschichten bewog sie dazu, selbst Krimi-Kurzgeschichten zu verfassen, von denen inzwischen elf veröffentlicht wurden, darunter der 2. Preis beim Odenwald-Krimiwettbewerb im Jahr 2010. Tief in Norddeutschland verwurzelt, lebt Britta Heitmann mit ihren Kindern in Hamburg und entwickelt bei langen Spaziergängen am Alsterlauf neue mörderische Ideen. Sie ist Mitglied bei den Mörderischen Schwestern und beim Hamburger Mörderklüngel.

Stephanie Fleischer wuchs in Niedersachsen auf. Nach dem Abitur ging sie für ein Jahr als Au-pair in die USA, später studierte sie dort für ein weiteres Jahr Literatur und Geschichte. Die Mobilität brachte sie mit: Im Anschluss an ihr Studium führte sie der Journalismus nach Bochum, eine Lektoratstätigkeit nach Wiesbaden, bevor sie ins Ruhrgebiet zurückkehrte und im Marketing aktiv wurde. Schließlich holte sie ihr Referendariat nach und trat in den Hamburgischen Schuldienst ein. In ihrer Freizeit schreibt sie Kurzgeschichten.

Andreas Ballnus Jahrgang '63, Autor und Liedermacher. Bereits als Kind verschlug es den geborenen Kieler nach Hamburg, wo er seit über zwanzig Jahren als Sozialpädagoge/Sozialarbeiter im Öffentlichen Dienst arbeitet. Er begann schon als Kind Lieder, Gedichte und Kurzgeschichten zu schreiben. Im Mittelpunkt seiner Werke stehen vor allem Alltagsthemen, die er mal ernst und mal humorig aufgreift. Unter dem Nick *anbas* veröffentlicht er seit März 2006 seine Texte in dem Internetforum www.leselupe.de und ist außerdem in mehreren Anthologien vertreten. Seit 2011 präsentiert er in losen Zeitabständen einige seiner Lieder, Gedichte und Kurzgeschichten in dem abendfüllenden Programm *Gemischtes Solo*. In den letzten Jahren war er auch immer wieder mal auf dem Dulsberg in kulturellen Stadtteilprojekten aktiv, sei es als Moderator von Veranstaltungen, Initiator und Organisator des kulturellen Stadtteilrundgangs *Dulsberger Kulturmosaik* oder als einer von mehreren ehrenamtlich tätigen Redakteuren der Stadtteilzeitung BACKSTEIN, zu deren Gründungsmitgliedern er auch zählt (weitere Informationen unter www.andreasballnus.de.tl).

Barthold Olbers wurde 1946 geboren. 1983 hat er spontan seine ersten zwei Märchen erwachsenen Menschen erzählt. Er wurde gedrängt, sie aufzuschreiben und sich noch mehr Märchen auszudenken. Das hat er getan.

Alexander West lebt und arbeitet in Potsdam.
Erstes Werk einer Trilogie: *Dunkle Schatten.*
Zweites Buch in Vorbereitung

Hendrik Härter Hamburger Kulturaktivist, Mitbegründer und Vorstandsmitglied des Kunst- und Kulturvereins dulsArt. Die dunklen Seiten der Menschen bilden seit 2009 den Rahmen für seine Kriminalgeschichten.

Gaby Vayant Sie ist seit dem Jahr 2000 in der Kulturarbeit aktiv und dabei bemüht, weibliche Sichtweisen einzubringen. Gaby Vayant malt, fotografiert, liest, schreibt und kreiert kleine pantomimische Szenerien als Beitrag zu Veranstaltungen. Sie ist seit 2006 an den kulturellen Aktivitäten des Kulturstammtisches Dulsberg, von dulsArt, der WortFlugZone Dulsberg und seit Langem der Spätlese im Barmbek°Basch beteiligt. Einige Veröffentlichungen. Sie hat an zahlreichen Ausstellungen, Lesungen und Veranstaltungen teilgenommen.

Thomas Sichelschmied Seit 2003 Auftritte und Lesungen.
Jahrgang 1967, Finanzwirt. Geboren und wohnhaft in Hamburg. Mitglied der Autorengruppe Wortwerk und als Ausgleich Schlagzeuger in einer Band.
Veröffentlichungen (Auszug):
Wolfsgesänge 2003, *Totendämmerung* (Kindle/2012)
Ein mörderischer Monat (Beitrag zur Anthologie /2012)
Der Bus – kurze Geschichten in Rahmenhandlung (Kindle/2013)
Verloren im Paradies (Mystery-Roman) erscheint Juni 2014 voraussichtlich als Kindle

Uwe Schmidt Geb. 1953 in Hamburg, Industriekaufmann, später Studium der Psychologie (Pennsylvania) und Soziologe (Hamburg), daneben Betriebswirtschaft, Volkswirtschaft und Jura, zuletzt tätig als Sozialtherapeut und Leiter von Einrichtungen der Drogennachsorge. Seit 1999 bei verschiedenen Einrichtungen als Pressereferent und Projektleiter, zuletzt im schloss bröllin e. V. und im Kulturwerk Vorpommern e. V.
Seit 2001 regelmäßige Teilnahme an der Aktion *Kunst offen* in MV
www.lexikon-der-parallelwelten.de

Ingrid Franke Jahrgang 1953, kommt aus Graz (Österreich) und ist gelernte Bürokauffrau. Seit 2006 schreibt sie Kurzgeschichten, ist Mitglied bei >autoricum< (einem Autorenkreis aus Hamburg) und bereits in einigen Anthologien vertreten. Von ihr sind bis jetzt zwei Kinderbücher erschienen. Das dritte Kinderbuch kommt im September 2014 heraus.

Hella Scharfenberg Malerin und Poetin.
Veröffentlichungen in zahlreichen Anthologien.
Lieblingsbuch: Wer die Nachtigall stört
Lieblingsfilm: Es war einmal in Amerika
Lieblingssänger: Bruce Springsteen
Lieblingsstadt: New York
Lieblingstochter: Tanja Fürstenberg

Angelika Marie Hauck 1951 in Cuxhaven geboren, studierte Psychologie, Germanistik, Hispanistik und Pädagogik und war bis 2006 als Deutsch- und Spanischlehrerin tätig. In ihren Geschichten fasziniert sie das Verschrobene, Abgründige oder Skurrile. Sie hat bislang einige Kurzgeschichten in Anthologien veröffentlicht. Sie ist Mitglied der Hamburger Autorengruppe Mörderklüngel und war mit *Mutters Mordkompott. Kriminelles zwischen Pampers und Prosecco* (Krimi-Anthologie im Leda Verlag) auch als Herausgeberin tätig.

Wolfgang A. Gogolin Jahrgang 1957 und von Beruf Rechtspfleger, lebt in seiner Heimatstadt Hamburg. Neben einigen Dutzend Veröffentlichungen in Zeitschriften/Anthologien bisher acht Bücher. Zuletzt erschienen im Sommer 2010 Kurzgeschichten unter dem Titel *Geist der Venus*, Anfang 2011 der Roman *Schlafen bei Licht* (beide Mohland/ Goldebek).
Ende 2013 wurde der Roman *Dunkles Licht in heller Nacht* veröffentlicht (Oldigor). Gogolin ist Veranstalter der monatlichen *Spät-Lese* im Hamburger Kulturpunkt, dessen Vorsitzender er auch ist.

Martin Ripp Vor über einem halben Jahrhundert in Barmbek-Basch geboren. Verheiratet, zwei Söhne, drei Enkelkinder. Mit zwölf hat er seine erste Kurzgeschichte geschrieben. Sein Wunsch, Journalist zu werden, ließ sich aus verschiedenen Gründen nicht realisieren. Er absolvierte eine kaufmännische Lehre und arbeitete über vierzig Jahre in verschiedenen Firmen. Als leitender Angestellter schied er vor einigen Jahren aus. Das Schreiben hat er nie aufgegeben. Veröffentlichungen von Kurzgeschichten in Zeitungen, Zeitschriften sowie in Anthologien. Im Juni 2011 erschien der Roman *Lebeneinander*. Er ist Mitglied in verschiedenen Autorengruppen. Im Internet findet man Beiträge auch unter: www.literadies.de sowie www.plattpartu.de.

Jürgen Rath ist gelernter Seemann mit Kapitänspatent und promovierter Historiker. Er schreibt Sachbücher zu maritimen Themen sowie Kurzgeschichten, Romane und Essays.

Stefanie Heggenberger 1990 geboren, lebt zusammen mit ihrem Ehemann und Sohn in Wellheim. Zunächst übte sie ihren Beruf der Einzelhandelskauffrau aus, bis sie sich schließlich voll und ganz der Erziehung ihres Sohnes widmete. Die Kurzgeschichte *Dieser Moment* ist die erste Veröffentlichung der Autorin. Ihr Fantasy-Roman *Angel Eyes* erscheint demnächst im Aavaa-Verlag.

Volker Maaßen ist aufgewachsen in Kiel.
Als Arzt in Berlin, München und zurzeit in Hamburg tätig.
Schreibt seit etwa zehn Jahren vorwiegend satirische Gedichte und Kurzgeschichten.
Volker Maaßen ist aktives Mitglied in der Hamburger Autorenvereinigung.
Veröffentlichungen: Kurzgeschichten und Gedichte in zahlreichen Anthologien.
Bücher:
Willy, Gedanken eines Seglers, 2011 Fischer edition
Träume weiter, Willy!, 2012 Mohland-Verlag
Bitterleichte Lyrik, 2013 elbaol-Verlag
Tödliche Transaktion, 2014 Mohland-Verlag

Patricia Tippenhauer geboren im Mai 1960 auf einem Küchentisch im Westfälischen, suchte schon früh nach trefflichen Worten, jene großartigen Gefühle auszudrücken, die ihre Seele bewegten. Die misslungenen Verse gaben jedoch kaum den Anlass dafür, mit Zwanzig nach Madrid auszuwandern. Dort machte sie sich mit Fremdem vertraut wie der spanischen Sprache, der traditionellen Vergolderkunst, dem Herstellen von Bilderrahmen oder der Malerei. An der Costa Blanca lernte sie als Chefreporterin die Macht der Worte stilsicher einzusetzen. Ab 2006 zurück in Deutschland studierte sie ein wenig Psychologie, hat eigene Ausstellungen gehabt und sich an Gemeinschafts-ausstellungen beteiligt. Seit ihrer Heirat 2009 wurde der neue Nachname Programm, sie tippt wie wild an einem Buch, von dem sie noch nicht weiß, ob es je veröffentlicht werden soll. Ihr Gemüse verdient sie sich derzeit als vegane Sachbearbeiterin und überzeugte Reiki-Lehrerin in Hamburg.

Manfred Becker (63) Vierzig Jahre hat er in der Hamburger Staatsoper für die richtige Beleuchtung gesorgt. Dann hat ihn eine Krankheit stumm gemacht. Weil er jedoch weiterreden wollte, hat er beschlossen zu schreiben.
Mit Gedichten und Kurzgeschichten hat er aufhorchen lassen. »Über alles, was die Welt so hergibt.« Wohin er seine Gedanken auch richtet, stets kann man sicher sein: Ein Lächeln ist immer dabei.